湖南省文艺人才扶持
"三百工程"系列丛书

河流
漫游者

谈雅丽　著

湖南师范大学出版社

图书在版编目（CIP）数据

河流漫游者／谈雅丽著.—长沙：湖南师范大学出版社，2016.7
ISBN 978 - 7 - 5648 - 2478 - 5

Ⅰ.①河…　Ⅱ.①谈…　Ⅲ.①诗集—中国—当代　Ⅳ.①I227

中国版本图书馆 CIP 数据核字（2016）第 111560 号

河流漫游者　Heliu Manyouzhe
谈雅丽　著

◇策划组稿：李　阳
◇责任编辑：刘　葭　李　阳
◇责任校对：胡晓军
◇出版发行：湖南师范大学出版社
　　　　　　地址／长沙市岳麓山　邮编/410081
　　　　　　电话/0731.88873071　88873070　传真/0731.88872636
　　　　　　网址/http：//press. hunnu. edu. cn
◇经销：新华书店
◇印刷：河北浩润印刷有限公司
◇开本：710mm×1000mm　1/16
◇印张：16.75
◇字数：280 千字
◇版次：2016 年 7 月第 1 版　2024 年 9 月第 2 次印刷
◇书号：ISBN 978 - 7 - 5648 - 2478 - 5
◇定价：59.00 元

凡购本书，如有缺页、倒页、脱页，由本社发行部调换
本社购书热线：0731.88872256　88872636
投稿热线：0731.88872256　13975805626　QQ：1349748847

序言·

谈雅丽：水边的抒情诗人

龙扬志

真正留意谈雅丽还是 2013 年的华文青年诗人奖，虽然此前也零星读过她的一些诗作，在文字的缘分建立之前，这种印象往往是模糊的。2015 年 6 月，诗人谭克修负责的微信朋友圈"明天诗歌现场"让我主持谈雅丽诗歌的专场讨论，得此机会又阅读了她近期创作的部分诗歌，直觉告诉我，她就是我在当代诗歌批评中一直寻找的"那一个"，虽然此前已有批评家发现了她。但在我心目中，谈雅丽具有和外省诗人不一样的意义，她既承载了我个人对于湖南诗歌的某种期待，也满足了我对当代女性诗歌如何开拓写作空间的想象。谈雅丽的诗歌在远离小资情调的絮语系统之外，尝试通过在地经验回到深远的古典抒情传统，其诗学理想和文化视野令人侧目。

研讨会那天我提出针对谈雅丽的诗歌写一篇文章的计划，甚至将题目暂定为"水边的抒情诗人"，以下是我当时向朋友们透露的想法："'水边的抒情诗人'是一位著名小说家汪曾祺对另一位著名小说家沈从文的命名，汪曾祺是沈从文在西南联大教过的学生，像沈从文这种不是科班出身的老师，很难说教给了学生什么实用的经院知识，然而影响却可能更加深远。汪曾祺极具文学天分，吸收了沈从文关于文学的很多趣味，当然，他对沈从文的理解也非常准确。汪曾祺认为沈氏最好的小说是写家乡特别是写水的作品，他的风景画里混合了颜色、声音和气味，而对于颜色、声音和气味的敏感，是一个诗人必须具备的条件。我非常高兴地看到，沅水从流经沈从文的地方顺流而下，流进了谈雅丽的诗歌。"只是没想到自主命题的作文这么快就要提交，谈雅丽闯入诗坛这几年一直用心书写故园风物，没想到汇集起来，竟成如此气象，双重意外终于转化为动力，如今面对时间的逼促，强迫自己静下心来承兑这文字的承诺。

此次重新阅读谈雅丽的作品，我发现沈从文对于谈雅丽的影响其实没有想象的那么大，尽管沅水确实从凤凰流到常德。像沈从文这种现代文学大家，受其润泽的中国作家又何止千万，而且，沈从文笔下的湘西和沅水，是他离开故土重构现代人性的一种策略，感受与视角未必没有他者化的考虑，即便湘西的淳朴民风对现代民族国家建构具有启示意义，沈从文内心也非常清楚，那已是所有中国人无法回去的故乡。谈雅丽的沅江书写延续了诗性的关照，立足于此岸的文化精神则大有不同，她的诗歌呈现出丰富的现实情怀，把自己的命运安放在沅水流域，以为灵魂之寄托，对于介入当代文化建构和诗学探索有极其重要的价值。尽管如此，我还是决定按此前的标题展开此次阅读之旅。

在一个诗歌热衷展示异乡体验的时代，谈雅丽的写作呈现了一种别致的景观。如果粗略地描述，工业革命兴起之前的文学图谱，充分显示了时间和空间对个体生命及其想象力的限制，文学经验的感知与传达遵循着内在的节奏。这种相对稳定的状况在19世纪中叶被打破，经过一百多年演绎，全球化语境中的离散如今已渗入每一个人的日常生活，以信息重构的社会关系彻底颠覆了时空的限制。在世界文化共同体加速形成的过程中，呈现地方经验的写作成为保存文化多样性的重要途径，甚至被赋予对抗文化霸权的意味。谈雅丽跳出当下诗人深陷其中的小情绪抒发套路，力图在个体感知和生存境况之间建立诗性关联，这种选择表面上看是策略性的，但是如果没有发自灵魂深处的家园之爱，很难想象她会如此持久地游走于湖湘之地，再造她内心的文化版图。一个作家只有把文学之根深深扎入生生不息的故土家园，才能真正汲取大地赋予苍生的启迪，因为主体对于世界的认知与思考，总是从熟悉的颜色、声音和气味的感觉开始。疏于处理这些最能激活想象的经验，甚至陷入形而上的理念雕琢，文学的展开注定是舍本逐末。

谈雅丽的诗歌充满了丰富的生活细节，它们以独特的方式介入诗歌文本的生成，建构起一个独特的诗性世界。她对鲜活意象的裁剪显示出功力深厚的美学涵养，使经验统一于主体的思索。比如《有如水草》：

我有随波逐流的天性，湖边小镇生活十年/如一株沉水的苦草/叶片碧玉，早已习惯白天浊重/夜晚清澈的水声//我和十里铺的渔民一样/依赖河汊沟港，野蒿青芦生存/相信巫师、蛊毒和水域里存在着/不知名的鬼怪//我生活，饮尽了鸟语和湖风/当我穿过堤坝，融入人声沸腾的集镇/在波涛与雨点交织的音符里流浪/是否如乐谱不经意的那一逗点，并不重要/我用笔渔猎，识得人世确有尘埃一样的慰藉/及悲凉//感受湖水的清澈刺骨，我也领受过它/丝绸一样的光芒/我有幸拥有鸿毛一样轻小的幸福/有如水草，涨水时——/我拥有着一百亩湖面的富饶/退潮时，只剩一百亩湖面的空旷孤独//在水中，我身体同时含有双重的深渊/一重为深爱，一重疑为污垢……

此诗乍读感觉意象繁复，实际上脉络清晰。水草是水乡极为习见的事物，诗人以其作为自我身份之象征，平凡自在是一方面，另一方面还代表了生命的丰饶与空旷、眷恋与警醒，这些特征最终统一于脱俗的尘世之爱。在我看来，这首诗之所以构成了诗人自我现实定位与理想志趣的隐喻，固然与湖边小镇十年水乡生活经历分不开，更重要的还是受到唐诗宋词的蛊惑与濯洗，当她沿着渐见开阔的河流行走，韵致典雅、格调清朗的人生境界也由此而打开。

谈雅丽在散文《沅水第三条河岸》中说："当我顺着沅水河行走，到达入湖口，经过岩汪湖，到达目平湖、洋淘湖，我觉得我自己也越走越宽，河流影响到了我，也影响我的人生，它使我不再局限于自我的小情绪，而是在自然中，从最细小的流动到越来越宽大，越来越浑厚，直成汪洋大海。"这段话是她对个人成长历程的线性回顾，同时也透露出人生与文学、诗歌与散文之间的深刻互文，显示出作者努力用文字建构守护沅水第三条河岸的意图。正因如此，"水边的抒情诗人"不是古希腊神话中顾影自怜的纳西索斯，而是护卫故土河山的不倦歌者。从散文集《沅水第三条河岸》（2015）的写作过程和相关篇什来看，走向山川河流无疑是一种致命的爱恋。《以江河为翼》一文提到她自 2008 年开始在沅水流域行走，两年里所有能用上的空闲时间都在与河流同行，相继去过冲天湖、目平湖、龙凤湖、濠口河、白鲢洲、谈家河、罗家湖、沧水、浪水，到达沅水最远的支流潕阳河、最美的支流夷望溪和最古老的水马驿万溶江码头。她用散文记录所到之处，除自然风物的描述之外，有关各地的历史变迁、文化典故、文人轶事的知识考古如数家珍，为故土家园树碑立传，背后则是重现地方人文积淀的用意。

同时，生命与行走是相互照亮的，谈雅丽写沅水早已超越了风景的层面，她不仅融入对一条河流的生命情感和理性思考，而且也在本土关怀中拓展了面向世界的文化对话。由《大河流经第七天》（沅水之夜：第一天、大通河的流水：第二天、澜沧江的气息：第三天、洞庭湖水：第四天、浮玉江南：第五天、涉江：第六天、恒河之水：第七天）组成的河流系列，可以当做诗人跨越地域限制漫游世界的一个缩影。作品借用创世纪神话重构河流的诞生与成长，在点点滴滴的行走记录中，感受灵魂之爱如何融入奔腾不息、渔帆轻展甚至清浊交织的生命长河。

> 就请给我一间乌瓦木壁，临水自照的/老屋，靠着澄碧的沅水//给我左邻撑船人，沧桑阅尽的淡然和蔼/右舍的洗衣妇，她手腕上戴着骨刻银镂/给我山前青石板，山背入云梯/还请给我沉沉的栗木舸——/弯在木楼——幽静的水边//请给我岸边的古樟、茶舍、柳线、溪响/三二闲游人，催促小楼春风一夜吹来/那眼神温暖的，至爱宿敌/给我遇鳞则鱼，遇羽则鹰的梦境/给我你的，让人活下去的温柔触摸//就请给我一座临水古镇吧！它清澈、空旷、安详，倒映于如画江水/给我恍惚、怅惘、三千弱水，在画中/看不见你的身影，听不到你的声音/唯有一江清寂的流水，照见了/天涯——/永远不能相见的命运
>
> ——《给我一座临水古镇》

《给我一座临水古镇》可能是本集诗歌中最见古典情怀的一首。作品不仅对"弱水三千，只取一瓢饮"进行了诗性重构，而且承续了传统文人情寄自然、心念苍生的慈悲情怀。"照见天涯——永远不能相见的命运"为诗歌转折处，命运关怀促成诗意最后之呈现，没有惊世骇俗，也无石破天惊，但无声之胜，莫过于此。

河流漫游者不是单纯的观光客，也不是波德莱尔笔下洞察人间世相的浪荡子，谈雅丽的诗歌通常并不直接介入民生，但还是有相当篇目关注底层在现代性处境中的种种遭遇，在这些作品中，她的表现方式不是感伤的，因为温柔敦厚而体现出一种诗性的美

学节制。比如《上岸渔民》：

> 沅水禁渔，我用一粒草籽形容过上岸渔民的生活/如今十里河堤很少看到他们的身影/守湖人老四，有天半夜偷偷划小船去电鱼/巨大的电流却把他击翻成一条肚腹朝上的黑鱼/那天漆黑，更大的黑暗笼罩着一片死寂的河水/渔妇桃桃摇身变为洗脚城小姐，织网捕鱼的/手不再长湿疹，换成长背时的脚癣/春妮、安安，去广州鞋厂，成为冬回春去的候鸟/成刚因盗窃服刑三年，他哥哥成杰在沅水堤边/新开了河鱼餐馆，他私藏三条网，每晚趁深夜/潜进禁渔的沅水，更多渔民拿着补贴混时度日/赌风和地下六合彩交易日益盛行/人群走散，从前的渔屋破败得无法相认/河流悄无声息改变着每个人，像摊开的浮萍/无法再从烟火般的人间收拢/这些年，我总是小心翼翼打探他们的下落/我总担心一场暴雨，会把那些草芥似的命运/重新翻进了——湖底

　　这首诗是谈雅丽所有诗歌中民生关怀意味较浓的作品之一，沅水禁渔的具体背景与诗歌本身无关紧要，诗歌关注渔民上岸，涉及渔民如何适应社会角色的转型，这一点在轰轰烈烈的中国当代改革进程中尤其具有代表意义。诗歌写到渔民对地下六合彩的痴迷，也触动了我内心的记忆，我仍然记得当年我的父老乡亲对六合彩趋之若鹜的情景，起码我们村的六合彩就是从相邻的益阳安化那边传过来的。渔民在现代性的遭遇中成为失败者，像草芥一般翻进湖底，表达了诗人对底层无法操控自身命运的忧虑。而在以渔耕为主的沅江流域，类似的阵痛必将长久伴随。

　　也许可以说，对于民生问题的适当超越，使得谈雅丽的作品少了一些烟火气，丰盈的人间情怀又让她的作品富于现实关照的精神，这样一种穿透性造就了诗歌的格局与气象。正如参与"明

天诗歌现场·谈雅丽诗歌讨论专场"的网友乌有其仁格所说："谈雅丽的诗安静，干净，无杂质，通透。有对现实的追问，梦想的追求，灵魂的追索，人生意义的寻找。"如果说安静、通透是水带给谈雅丽的生命气质，那么追寻也同样具有水的精神内核。"一条大江必有万物蕴藏其中/像一只剪水的眼瞳/渔舟安卧、起航，江水的翅膀收起折落/江瞳转晴，要尽其所见河山的明媚"（《江瞳》），大江与人的深情对视，最终走向天人合一、物我两忘的澄明之境。

在阅读女性诗歌作品时，我始终警惕性别因素对于诗歌价值的僭越，也就是说，我们应当首先谈论"诗人"，然后再触及性别书写的问题。但是，也不应回避性别之于诗歌的内在意义。事实上，当代女性诗歌在今天已经完成了基于权利诉求的性别呈现，如何在新的文学时代表述新的问题，成为当代女性诗歌写作的重要方向。在我有限的阅读经验中，不少女诗人面临着写作方式和文化视野的敞开，因为形而下的经验描述不足以支撑诗学意义的扩张。谈雅丽之所以具有某种示范性，在于她展示了女性诗歌进入文化层面的写作可能。从意象的使用、修辞的组织，到生活的关切、美学的气质，谈雅丽的诗歌无疑具有鲜明的女性气质，她的语言呈现了一种丝绸般的肌质，而抒情的温润也非男诗人所能为。我们能想象一个男性作者写出《我想要一场有牙有爪的凶猛爱情》、《斑斓之虎》、《熬制蜂蜜的时光》、《鱼米书》这样的作品吗？谈雅丽的自觉之处在于，她把细腻的感知纳入故土深情的文化审视，诗歌也因此而获得放飞灵感的坚实土壤。

如果说沅江这一地域性因素对评论者构成了情感方面的限制，其他作者可以选择珠江、汉江、牡丹江、怒江、温榆河、关中平原、松嫩平原、河西走廊、长白山、秦岭……总之，一切生于斯长于斯、联结着个人成长与记忆符号的地理而展开自己的文学之旅，甚至直接超越感性的在地经验，上升到历史、哲学之类的形而上层面，让诗歌从个人小情绪、小脾气的迷恋中走出来。

"沧浪之水清兮，可以濯我缨；沧浪之水浊兮，可以濯我足。"暂且借屈子之诗，庆幸谈雅丽在漫游沅江的旅程中选择了诗歌作为生命书写的出口，相信沅江亦会展开她辽阔的胸怀，继续滋养这位为之"满蕴着温柔，微带着忧愁，欲语又停留"的抒情诗人。

2016 年 3 月 15 日

（龙扬志，湖南涟源人，文学博士，暨南大学中文系副教授，硕士生导师）

目 录

第三辑　长风吹袭／151

第一辑

长河奔涌

这一年的地平线

每当我旅行至此，远眺地平线
季风气候将我吹成深棕色

这一年，在年轻的大地上
白鸽成群飞翔，鹭鸟随季翻跹
一艘大金船向东驶去
风在流浪，她反复吹奏着平淡的歌颂

这一年，我以为自己是造物
创造了所有节日，凯旋，所有烈火
所有的树，银河
和新的语言

这一年，当我远眺地平线
感到如泡沫漂流，在柔情之海上
我虽渺小，但我确信自己
见过了人们——
渴望见到的一切

白日梦

有人曾用一颗苜蓿建造了一个草原
我的白日梦，是用笔建造一所最小的房子

只允许爱——
只允许带鲜花和青草的人进入
但有时，我会把门开一小条缝
如果门外咚咚的敲门声里，夹杂着沅水河
清澈的大嗓门

有如水草

我有随波逐流的天性，湖边小镇生活十年
如一株沉水的苦草
叶片碧玉，早已习惯白天浊重
夜晚清澈的水声

我和十里铺的渔民一样
依赖河汊沟港，野蒿青芦生存
相信巫师、蛊毒和水域里存在着
不知名的鬼怪

我生活，饮尽了鸟语和湖风
当我穿过堤坝，融入人声沸腾的集镇
在波涛与雨点交织的音符里流浪
是否如乐谱不经意的那一逗点，并不重要
我用笔渔猎，识得人世确有尘埃一样的慰藉
及悲凉

感受湖水的清澈刺骨，我也领受过它
丝绸一样的光芒
我有幸拥有鸿毛一样轻小的幸福

有如水草，涨水时——
我拥有着一百亩湖面的富饶
退潮时，只剩一百亩湖面的空旷孤独

在水中，我身体同时含有双重的深渊
一重为深爱，一重疑为污垢……

斑斓之虎

病室的中午，我曾梦见一只斑斓之虎
在我的体内缓缓走动
它有金黄的凶猛，也有黄金质地的温柔

我奢侈地梦见爱，梦见在某个地方
他和我携手并肩地走在秋风乱卷的街头
在不为人知的病室角落
我会为怎样的人生际遇放声恸哭

人群总是把我推向寂没，牵我之人
我该怎样细述一生，该怎样用倒叙的手法
描绘我在四十四病室一颗踉跄的心
用此刻，一个人他可能对我施展的全部柔情

我不必被谁安慰，我强大到足以打败自己
我的软弱，深植在黄金之虎的斑斓体内

我在清醒的中午数着大楼向阳面的玻璃
从镜子两侧审视自己不全的人生
我还数我身上的暗疾，内伤，疤痕

以及不可救药的暗

众多亲眷，来用一丝简单的爱唤醒我
因我越拉越紧，越拉越紧
——系在我和命运之间
那根微弱的细线

给我一座临水古镇

就请给我一间乌瓦木壁，临水自照的
老屋，靠着澄碧的沅水

给我左邻撑船人，沧桑阅尽的淡然和蔼
右舍洗衣妇，她手腕上戴着骨刻银镂
给我山前青石板，山背入云梯
还请给我沉沉的栗木舸——
弯在木楼——幽静的水边

请给我岸边的古樟、茶舍、柳线、溪响
三二闲游人，催促小楼春风一夜吹来
那眼神温暖的，至爱宿敌
给我遇鳞则鱼、遇羽则鹰的梦境
给我你的，让人活下去的温柔触摸

就请给我一座临水古镇吧！它清澈
空旷、安详，倒映于如画江水
给我恍惚、怅惘、三千弱水，在画中
看不见你的身影，听不到你的声音
唯有一江清寂的流水，照见了
天涯——
永远不能相见的命运

·

对一只母豹抒情

最上层衣橱，整整齐齐叠了你的外套
裤子在抽屉，内衣紧挨我的
炒青菜、手擀面，雾霾叮嘱你戴口罩
进门用热面巾将脸擦拭干净
桌上绿笋、旧书，对面微微一笑的你
这，就是世界的全部

夜风把白杨刮得哗哗响
我记得暖炉、热水，被窝里更暖的怀抱
我对相逢的高铁抒情了，我对离别的
铁路怀有很重的难过——

走到窗外看你离家的背影，回来你用纸袋
装着一堆鲜亮的苹果
我喜欢刀子落下，在我们间旋转诱惑

我对疾病抒情了，我对河水抒情了
我对油烟、棉被、鼾声、脚臭、坏脾气
我对小礼物，小撒娇，我对——
你桌上那叠沙沙作响的白纸抒情了

我对平淡的生活抒情了
我对饱饮的折磨抒情了
我甚至对门外逡巡的
那只母豹，也投以凶猛的抒情和爱恋……

蒸汽火车

每次临睡前，我都听到窗外冒着白烟
蒸汽火车的一声长鸣，它载着
已经过去的时代，向我一头撞来

每次我都梦见铁轨、车头、车厢里
堆放的货物，梦见童年的你跳下火车
惊惧、无辜的眼睛

每次醒来，我都梦见一条江上铺满冰雪
一瓣瓣的雪花，降落在你轻柔的指尖
每次我都想着你痛苦的表情，想你的外祖母
她曾把小小的你——
温暖地抱在怀中

松花湖水

没有人愿意走进零下二十度的冷风里
也没有人远道而来，递给我你清透的蓝模样

一道道车辙辗过我封冻的河床
我满身冰雪
只为等待来年春天的降临

等待春风中你暖暖一笑，那甜蜜的怅惘啊
我立即就要化成——
汩汩流淌的
松花湖水

沙河口渡口

荒雨褪去秋天的锦衣
这里成片飞扬，如今枯槁成一片苍黄河洲

等待货轮把我们运往沅水对岸
钢铁擦着波浪，眼里这条汤汤大河
转眼就跑不见了踪迹
只留下岸边一排黑杨，一溜儿低矮的棚子
古渡口石碑上浅薄的字迹

数着一朵朵消失的芦花
数着聚拢成塔的沙山，在巨大的铁爪之下
崩溃
天气潮寒，卖茶叶蛋的老妇小心翼翼
敲开我们的车窗："来一枚吧，乡村的茶叶蛋！"

温热的茶叶蛋——
我承认生活并不尽是阳春白雪
那苦毡布搭建的窝棚外，有着
因愁苦而微微发暗的天空

蓝色河汉

长长、颠簸的泥路后，越野停在湖边
湖侧是一方桃林，村庄已经很远了
我们支起草绿的帐篷，在落日降临之前
还有足够的时间，享受自焚

枕着波涛，有时我们被彼此的心跳
惊扰。四周散发青草味和温暖的水汽
夜里将有巨大的生物扇动翅膀，一条军用拉链
既是远离，又是抵达惧意的方式——

听见星星落水的声音，如果明天醒来
会否有不一样的蓝色河汉
这里黑暗笼罩，这里就有无数变化的可能
也许用鳃呼吸，也许背部长鳍，也许通晓鸟语
是花鸟虫鱼，任何中的一种

静默中的无限，这清凉的
清澈的
——我确信我们都有成为湖水的可能

迁徙的水鸟

去年夏天的一场雨，复活一个即将枯萎的湖
莲叶茂盛，成片芦苇围攻了湖上的小洲

水鸟也许是从洞庭湖迁回
也许打小居于此，只是短暂离开一段时候
它们踏着波浪的节奏，扇动柔软的翅膀
在水镜上滑翔、起舞，带出一串串水珠

水面传来清脆的响声，傍晚莲花缓慢打开了
芬芳。湖水深蓝
让我想起春天，仰头看见的那一队黑点

它们变幻着队形
远远的、白云之上的鹤鸣

每年，我都会看到相似的场景
那些在水面，在天空之上的飞翔
想起每年，我们人生都有一部分在流逝
就像随着时光——
迁徙的水鸟

窨子屋

古城的窨子屋拆毁于旧城改造
一并拆除的还有城墙、风雨桥
和一座摇摇欲坠的鸳鸯走马楼

乌黑的瓦，高高的青砖墙
屋子间有桐油板壁和木质楼梯
墙缝里长出紫罗兰和巴壁虎
雨天我们沿着幽深木廊，进入回字门楼

天井里大缸盛水，瓷盆种着的茉莉
开洁白小花，清香如一架缓缓奏响的古琴
流水落下荒芜的琴盖

七冲八巷九条街上有几百盏红灯笼
唱花鼓的老人租住一侧厢房
南端堂屋住周家最老的媳妇
雕花窗前常坐痴呆后生
儿时我在里弄玩跳房子、占城墙的游戏
不觉天已转晚

不觉天已转晚——
多少旧日时光已不能回转
若干年后想起那里青石板的庭院
想起年轻的母亲，梳着油光闪亮的大辫子
黄昏的渔鼓再次响起
空气中又吹来炒青椒的香辣

江水微蓝

与那人相逢，仿佛数生命中的一罐细沙
江水荡漾蓝色的伤感
正有秋风向那棵深情树袭来

校园夹竹桃盛开的粉红心情
墙角白色雕像，树下细密笑脸
我只迷恋一封从未寄出的长信
地址不详，心动不详
来由和结局皆不在我的掌握

少女蜻蜓点水似的问候
十米外的对视与纠缠，有笛声婉转穿越
如今的我，却像一个心事苍茫的人
——隔夜听雨

那人脸上有薄荷的清凉——和微甜
那人心里有薄荷的清凉——和微甜

时光越漏越少，如一粒细沙柔和经过
我手心是满天星斗，是满天星斗映照
沅水，暮色沉江的码头

·

我想要一场有牙有爪的凶猛爱情

我从蓝色的雨里出发
我在蓝色的雨里回来

我的身体在唱歌
在秋天红艳的枫树底下
不可留存的安静一片片降落

我想要的，并不是这样的美，这样温存
我参与无声的自燃，没有火焰
没有呼救，只有一种绝望的沉默
越过了衰老和死亡

细碎。轻浮。我有多么小，多么空
我想要声音，光线，灼痛
没完没了的拥抱

"我想要的——
一场有牙有爪的凶猛爱情"

异乡人

我被疾行的客车
抛弃在傍晚的站台，暮色越燃越暗
空中传来巨大的轰鸣，使我确信自己陷入
无力自拔的漩流

我何必远走天涯，手中握着破碎的蓝玻璃
路灯点亮，无非是给异乡人最后的安慰

拖着沉重的行李箱，滚烫的地下通道
陌生的过路人——面色平静
我描述一切，橱窗里透明的灯火
预示这是享乐的人间
我想念家里的米饭，书桌上的那杯热茶

我在陷入，如同一只灰雁
挣扎着把地球当做了我的指南针
——高高悬空的飞行
和微微发亮的地平线

银杏树

我触碰到了古老的时间
飞舞的光线，心碎的亮黄
那个深吻过我的人，仿佛就在树下
大地上落满温存的轻风

此刻有一辈子那么长
银杏一寸寸生长，摩擦着粗糙的树皮
深埋在地下的根须预感到了
即将抵达的月光

这里是安静的，最细小的呼吸都能惊动叶片
长出蜉蝣的翅膀
此刻纷飞实际是一种荡漾
在我们所经之处，有一个又薄又小的村子

三棵银杏树
把金黄的脚伸向天空
仿佛在天空，又或者在浊黄的江水之上
行走

一滴水

这江水的任何一滴水
都来自于碰撞

水汽与灰尘的碰撞，凝成微小的晶体
雨点和土地的碰撞，清亮的身体漫过草地、稻田
侧身到达涨水的河床

岸与岸，可能是板块与板块之间的碰撞
一滴水填满另一滴，一滴水注入另一滴

水滴与水滴的碰撞
一些水融合，一些水瓦解
一些水消失，一些水飞升
掉落在树叶，草尖，一片颤动的花瓣上

没人察觉到这种变化
地球喧哗，一滴水静静守着一个孤独的人
只有江水亘古流淌，发出异样的
舒服的声响

秋分

我只在某年秋分见过那棵白杨树
树上鸟巢，和一个结满了风声的夜晚

热水器坏了，学校食堂排着长队
我浪费过一个灵醒的早晨，一个馒头，一杯牛奶
和一个永远也不能洗净的旅程

雕塑前我照过纪念像，假想自己坐在
书声琅琅的教室，实际却是——

冰冷的地下铁，从京都回乡的路上
我绷紧的心是一根欲裂的琴弦
我不配享有诗经的颂唱
我放声的一哭，仍在沅水河上回荡

当我平静坐下，品尝秋分这天的黑茶
它沉淀着时光，显得晶莹、醇厚——
我曾经为爱泪流满面
如今仍对它，毫不设防

.

雪

在即将落雪的午后
有时我会梦见喜悦，梦见春风
爬满青藤的枝头

梦见用细长的手指把一条大河
横空折断
水漫漶过来，仿佛突如其来的
悲伤，就是这样——
一发不可收拾的形象

江瞳

一条大江必有万物蕴藏其中
像一只剪水的眼瞳
渔舟安卧、起航，江水的翅膀收起展开
江瞳转睛，要尽其所见河山的明媚

一条大江必有澄碧的瞳孔
两岸菖蒲，鸟唱塔楼，一艘晚归的挖沙船
轰轰烈烈地开进夕阳
江岸浅草，水中锦鲤
静观一轮落日徐徐缓缓——
坠入苍黄

一条大江必能照映
某时，某刻，明月升起
上弦月洒下柔和的银光，空中荡漾扰人的声响
数以万计的鱼虫，正在互诉情爱，在捕食
在被噬，在死去，在新生，在转世
在从一个时代跨越到另外

一条大江必有柔和的江瞳

照见一群闲谈的中年人，谦卑的生活技艺
不是雪月风花，曲水流觞
这里不完美人生的集合，要江水遥遥呼应
一群孤独的小宇宙

灰色雁翅

往三月走，这条路会通向一片开花的山丘
白桦，红松，不声不响的婆婆丁
堵塞了春天的交通

往三月走，路边伸出枫树，榆树，海桑的手
橘红，金黄，深绿的欢腾
五彩斑斓的山顶，住着一个蔚蓝的湖

十八岁的我常常走到湖边
阳光落进湖水，我带的狗叫海哥
看到波光粼粼就大声叫唤

爱人擅长钓鱼，从中午到傍晚
他不断从湖里取走鳞片，这些深深浅浅的波纹
装满了他的鱼篓

我无所事事，从湖东游荡到湖西
一定有什么万分温柔，一定有更重要的
从我手边悄悄地溜走

.

亲人远离，一面岁月的镜子
何时凝结成了一块晶莹的化石
我记得那天，看见一行灰色的雁群
横穿过蓝天

——更远处是树，和仿古的房子

恰到好处

据说鲑鱼穷其一生，是为了追逐另一半
才辗转千里来到海上

水在江里聚集，鱼在浅滩挣扎
我过的是不咸不淡一天，天至中午
我还不曾被谁惊动

这一颗心是娟秀的正楷，细细描过后
就要在厨房的烟火气里，安顿
遇见你，先学踮起脚尖的白鹭高空飞翔
然后又急骤地，从空中降落

从此后，长江水将分成若干支流
分别注入我南方的田川，你安然自若
不喜不悲
而我的心已乱如狂草

我心滚烫如火山爆发，如果我还安静活着
就得要一个恰到好处的理由
将其慢慢——

荒芜之地

我在基诺山一带行走时
曾偶尔找到推开孟巴娜西一扇
永恒之门的钥匙

在去往革登山的鸟道上
荆棘和荒草高过我的头顶
我迷失方向，直到看见旷野
旷野上一座连一座的荒坟，敲击我的心脏

云南少数民族居住的丛林，惊现汉人大墓
这些清代墓地埋葬着远逐天涯的商贾
军屯，和负罪亡命的浪子
以及他们的父魂、母牲

同一墓主另立三座坟墓
一墓埋葬自己的肉身，一墓埋葬魂魄
一墓埋葬衣物和财富
仿佛将生迹，生命的尽头一并埋葬

在轻生重死的天外之地，阳光，大雾
鸟声叮咚
仍阻挡不住，永恒的终结和荒芜

河流漫游者

我到过沅水每个县，每个乡，每个镇
河流灌溉的每个村庄——和荷花盛开的水网
涨水时我摸过这条沸腾的水龙
守堤农民日夜看护，但她狂热奔涌
瘦水期她是一面清碧的银镜
是诗经里抖出来的——
飘荡、微澜的一匹丝绸

我看到过河边少女腼腆的笑
穿在她身上的水光，映在流逝岁月的渔网
插秧农妇满脸泥水，扔在稻田的软盘
一串串笑声在绿色的春天飞扬

我感受过父老乡亲的辛劳
打稻机轰隆而响，新棉采摘，稻谷入仓
守在禾场的一声轻叹
河流如赤子，守着他们日夜喧响

我安慰过河边病妇，她悲伤的脸
带着对世界的无限眷念

·

我牵过一个留守孩子脏兮兮的手
他把我当成了他的哪一个亲人
是姐姐，阿姨，还是广州打工的妈妈

我听过破旧校舍传来的琅琅书声
傍晚经过建筑工地，看到骑车回乡的
一长排乡村自行车队，铃声叮当
夕阳下每个男人，都背着最小的梦想

我采摘到一个温柔的黄昏
遇到一对回乡过年的恋人
他们在柑橘树底牵手低语，规划明天
小伙生活在南方的河岸
那姑娘却来自中国最北的另一个村庄

我是一个河流漫游者
追逐沉水的木芙蓉，开在尘土飞扬的路边
我走过的大地反射着普通的光芒
我见过的村民——执拗、善良、坚强
离乡的灯光照耀着他们的孤单

我是一个河流漫游者
听懂河流与我的每声絮语，每次长谈
那悲悯，那伤感，那无奈，那期望
如一头小牛爱恋乡土
疲惫时，让清亮的河水洗净尘埃
干渴时，记得把柔和的嘴唇
——伸向滔滔的河面

往生

我遇到的开始不是开始
结束也并不是结束
早春遇到雾凇和花露
都是水，是冰的另一种形式

我以何种坐标存在，三维、四维框定我
每天行走的步子，框定我的细胞、染色体
我的情感，激越心跳，颓废情绪
我的样子，汗水和泪水的结晶

我遇到的你不是你，我也并不是永远的我
一生爱恨情仇，无非是纵向一点
无限延长的地平线

从遥远外空间观察，地球仅是一粒缥缈的
尘土。记得我回头向你微笑，记得生育死亡
记得岩石脱落，流星滑过、天体陨灭

记得亿万年后，莫名的星球围绕着你
转动，转动……
·

东山峰茶园

更多的山在赶过来，今天小聚茶园
我是冲茶人，但并不淡定
狂妄到以为自己是唯一的演讲者

等待开场的时间漫长，第一泡红茶刚刚注入
杯中
四周静得找不出声音
群山席地而坐，一个高山湖权且做了茶杯

莺雀只是暂时主人，指引各自安坐
去品尝夜露流岚

也许等了一万年，或者更久
卵石里风化的鹦鹉螺证明这个时间
群山后面，藏着创世纪的神

神谕不该出自诗人中漫不经心的那一声咳嗽
而更在远处的溪流，那轻轻的蛙鸣里

壶瓶之巅

鸣蝉声汇成一条墨绿的大江流淌
山崖紫气冲撞，山谷溪泉生烟
——有盘山公路，如浪花簇拥而来

挨近一座座青山，这里是湖南的屋脊
重峦是一扇扇紧闭的门
唯有翠绿的风手持钥匙大喊："开门！"

"请开门！"但暮色已笼罩黄虎港
云从雪峰飞来，越聚越浓，越聚越厚
青鹿峰变成了折叠的天梯
一条油青峡谷慢慢消失不见

在群山之巅，唯有溇水不急不缓
灵魂的高度永远在肉体之上

舀江水的人啊，我没有找到溪水源头
没有什么比这里更让我感到绝望
我遇到了你——
感到美是深爱
是身体上一小块，深红的污垢

越美的，越疼痛

属于我的两天两夜
属于我的六十八小时
属于我的两万肆仟肆佰捌拾秒

属于我的旧小县，古城村
土泥墙上盛开紫红的蔷薇
风吹玉米地哗哗响动

属于我的农家院，绿格子床单
清水一样明净的眼神

一座月光悬垂的山谷
一条锦葵铺满的乡路
一座天蓝如海的风城
一座有你，就有爱，欲望的小村

时光你可以搬走我的肉身
时光你脚步踢踏，轻易别过那晚的月光

时光你——

越爱的，越脆弱
越美的，越疼痛
我们互相交换灵魂，直至悲欣交集

离别辞（1）

仿佛岩浆在体内运行却不曾喷发
这个灼热的中午携带沉默的天庭
我靠近你，温热的手指就要触到沸腾的喷泉

你脸上的表情多么凝重
我看到你眼里的光被巨大的电扇吹熄
熙攘的人群，说话声
幻想一只白色大鸟从我手中飞起

我们迷路了
高速路口向相反的方向延伸
人们被生活驱赶不得不赶往家乡

我需要紧紧的、短暂的拥抱
我需要抱紧你如同抱紧海上最后的浮木
我需要在人来人往的街头大声呼唤

漂浮是一种爱的方式
尽管我说不出一句话安慰你
尽管整条江一个中午就穿过了我的身体
尽管你我分离在即，沉默如火山蕴含即将的
爆发

峨眉雪芽

一天中的一天，一瞬中的一瞬
夜晚长谈，沸腾着一壶峨眉雪芽
青绿地浮动在海面

不远处该是风动潮生了
它的深蓝在月光下泛起银白亮光
水色在银碗里走动
一壶春色自唇齿间穿越，落进大海

茶席上我们说起人生
一支牧笛在遥远的海边悠悠吹起
念想如尾随银鱼，摆动月光成形的长鳍

我们找到灵魂互换的词语
伸手触摸对方滚烫的脸
我们一夜无眠，而夜潮滚滚
黎明一艘小船穿越了礁石布满的险滩

五溪听月

凌晨起来，推开靠湖的门
木甲板吱呀响动几声，复归宁静
听见水中清晰的说话声，是星星失足
跌进湖里吗？岸上有亮光一闪
捕鱼人的手电筒在与夜光对峙

水库环抱重山，湖水修饰青影
甲板边几艘小木船，安静卧着
月色迷离，重山摇摇欲坠
在水中安放了一颗硕大的星辰

大鱼轻吻湖水，窃窃私语不曾停过
很久以前你来过湖边小镇
头枕着波涛，对我说了一句极温柔的话
湖水里满是星星落水的嘀咚、嘀咚声

此刻，我无限接近天籁
仅一小会儿，如果月光升起
——距离你离开，恰好已近百日

离别辞（2）

这个站台既是结束，也是开始
一任热汗打湿路口奔波的那人

夏天即将过去，你我要一同并入秋天的华年
或者你写信给我，或者一封简单的问候邮件
或者你驱车千里为我献上肉体的玫瑰
或者你用漫长时光重新建筑一个创世纪

命运安排了我们的相逢
想起高铁，想起你扮演梁山泊我是祝英台
想起从此后我们或将彼此忘却

电闪雷鸣的重逢注定我永存在你的光里
惊涛骇浪的拥抱注定你是镌刻在我心里
一道最深的刻痕

想起你的甜美，那果实中的果实令我忐忑
想起海浪席卷，冲过我身体的悬崖
想起某一日你将我洗劫一空
却从来不问我，光阴的结局

街头画展

禅院大雪茫茫，晨起担水的佛
无意中救起松林中，一只受伤的喜鹊
膨胀的松针缀满晶莹雪朵，唯一条小路
通向尘世，另一些陌生的国度

大雪中守静的人，扫了一大早的院子
直到晨钟声响，早课开始在寒冷的
祈祷声里——

这是一年之初，阳历的第一天
用手点燃香火的人，念叨人生的春天
将从七个小镇传来祈福的马蹄声
将有七个村庄的人，留下杂乱的脚印

这里永远不是战火燃烧的地方

这里是宁静，是一幅美好的画
在九月沸腾的街头，安静地睡在喧哗
城市，游行的人群当中

最好时光

我把你找回来了，这是最靠近你的一天
红河水在黑土地上流淌

一晃而过的水潭，榕树，弯路
边地小火车将你漫不经心运走
卖墨镜的商贩紧紧跟着你
丝绸路上的黑茶，你喝上过一口

我靠近你——
像一根针落进平原
幻想中的草木，茶花，番石榴
泼洒过娇颜，但我只得到
流浪汉的一句戏谑
一个人走到脚底微微出汗
那一年云南我没有去过，三三二二的人
谈论她们收获的粮食

河水咆哮着
最好的时光都停留在河上
如果可能——
请让她们，烟一样消失

.

第一颗大星

我想飞回来，我背上的刺棘
腮上的苔藓，使我并不确定能否长出翅膀
我沉重的内心想随风松开

我破籽而出，像一粒豌豆
经不住烈日烘烤——忽然炸裂
像一朵蒲公英，任性地将柔软的身体沾湿在
中午的河面

灵魂脱离肉身的瞬间
那棵自然之树，树上歇息的莺雀
月光下静静地看着人间轮回
草木重新长出，婴孩孕育体内

——天空出现了第一颗大星

城外河

不要试图抓紧岸边的风
不要将脸长久浸进凉水
不要惊扰了河上的魂灵

也不要傍晚一个人去河边
只是为了采摘一些野芹和
浮萍
不要因为天色暗淡
就在河上呜咽

你也不要暗自悲痛
世上没有哪一座桥，能阻挡河水的流动
尽管它们凌驾于——
天空之上

小寺

她出家的寺庙在田野
一座小寺，破旧佛堂
打绑腿的她穿着比丘尼常见的麻布衣

我见她的第一眼抱着她痛哭
她安详泰然，仍然陪我流下热泪
她曾长着勾人的眼睛
眼底一片桃花如烈日烘烤男人的心

小寺左臂是禅房
晨起做早课，诵经弘法
有时法事也把人的灵魂送上天国

她曾经的理想是写诗，跟随爱人远走天涯
一支笔泼辣多情
不想倔强到另一种往生

落日中的小寺不被我们理解
她从容下车，暮光吞没她穿灰袈裟的身影
尘世种种梦境，随即化成了
一堆灰烬

·

洞庭湖平原

我想为沅水流经的平原，写开阔的篇章
在视野所不能及，河流消失的茫茫地平线上
做一个自在的眺望者

一个平原的守护人，想在一亩亩麦田
一畦畦油菜地里，安放我舞蹈的灵魂

那些闪光的清晨，烈日灼烧的中午
暮色四起的黄昏，风吹动蓝色丝绸
它吹拂黑土地的歌，一直到世界尽头

我满怀温柔，想起大地的恋人
他温柔眼睛许下的承诺，就是河流给予我
最温柔的恩惠
我满怀期待，与这一片广阔的平原相守

我爱这里的过去、现在、未来
她的丰硕与凋敝，苦难与幸福双生的村庄
我们由心而生的感恩
有如流水，在洞庭湖平原绵绵不绝游走

铁轨上的月光

"人们都有自己的快乐!"
神秘的黑莓在山谷散发出甜香
金黄的野梨沉睡在傍晚的田野

当铁轨轻轻擦到了月光——
从黑夜深处传来轻柔的琴声

我在朝着你的方向飞行
过一条北方的大河,过一座黄土的山冈
果树上的果实累累,稻田里的稻熟谷香
正被我一一经过

月光下树影摇动,月光下闪着银光的行星
在天幕展开无名的寂阔
月光下的异乡,照见命运的深海

那里,我想向一个人说出爱
那里,一页呼啸的纸——
反射着铁轨两边,灰白的旅程

泉边

早晨八点，我会去泉边汲水
穿过半人高的灌木丛，大雪压倒的楠竹
穿过阳光和小雨，一眼见到
泉水无法测量的美

从沉沉睡眠中醒来，那些快乐的蕨类
闪着蓝光的鸫鸟，在草丛中婉转
像柔和笛声，泉边一掠而过的倒影

亲人们在山里日夜修筑，一座山被肩膀
挑成两半，一边种下板栗、柑橘、蜜桃
一边搭了木楼、鸡屋，愚公移山一样
却只搬来了满山的寂静——寂静——

劈开楠竹可以将泉水引到屋外
但人们为何纷纷离开那儿
泉水日夜流淌，过独木桥，过茶树丛
那嘀嗒声
日夜的嘀嗒声——

一只大鸟在屋外，摩擦着翅膀

翻阅白水河

在古老的传说里，白水河是一册绝世孤本
你打马过小镇，影子夹进江水的书卷

书的封底，是柿子坝脚趾流过的朱提江
一册书卷，流动的高潮和巅峰突然静止在
东经 102 度 52 分，北纬 26 度 34 分
白水页码串联了柿子、黄草、小坝、大寨
民政、庙坝、牛溪、柳溪、洛旺等罗布的小镇

无名灌木丛，间杂琪桐、天麻、草玉梅、算盘子
桤木、三脉水丝、马醉草，这是书卷里
众多木本、草本植物的插图
野猪、金钱豹、褐凤蝶、麻雀布满字里行间

线装纸张被蓝色的矿物水浸染
白水河是丘冈巨大的裂缝，是被遗弃在旷野
无人知晓的风化书卷
没人知道它确切的位置，不存在于地图上
不在书库中，不在人的记忆里
它纵向流淌使书卷里的地上生灵

和水中植物都患上了自闭

它是被遗忘的，除了在自然里
亘古存在——
散发着与世隔绝的美

春天傍晚的酒

晚餐在无名的花气中开始
我和你，亲爱的中年人，一起举杯祝她健康
一起饮下春天傍晚的微苦
眼看暮色搭建的一座桥
慢慢消失在天际

你有解不开的心结，而我心头羁绊
就此忍受，只是用一杯杯惆怅的酒
寻找与外面世界的平衡

远处的波浪在涨水河流上奔腾
我听到三声鸟叫，落在玉兰花开的枝头
我摸到时光的阴影，一步、一步
挨近你饱受折磨的前额

我感到你内心三次祈祷：
"请让她快点好起来吧
让春色驱逐她身上降临的死神！"

"我感到痛苦，连夜间的道路也是明亮的"
——花气飞散，我怕将要消逝的
永远不会回转

·

草木悲喜

这花朵密集吹起的强烈号角，响彻在我的庭园
这花朵低声呜咽在屋檐外的，细雨中出现
这花朵放声大笑，欢乐在冷霜后的阳光地里奔袭

这花朵依序吐露的浅粉，靛蓝，艳红，橘黄
和浓重暖意里的草香，依性情打开的衣褶和容貌
拂过我——和我们的整个青年时代

它使我在某个神秘时刻，化身为蒲公英的种子
在园子里飞行着，穿梭着
在灵魂覆盖着灵魂的那一瞬间
轻轻着陆

微妙的探访

谁把小剂量风暴，植入到一棵苹果树上

这天晚上星光黯然，远处的灯
被冬天吹灭。每条盲路都在伸展——

贴着玻璃窗的脸变得冰冷，是雪花
前来认领她前世的枝头。我弯曲自己
像这棵迷路之树，在暗灰的大地起伏

雪还在赶路，但大风已提前到临。
近处是影子的海，远处是钢蓝的群山
向我传递凛冽的消息

黑暗中你摸索着向我伸出手
请快让我用迷恋引导你，到达摇晃的树顶吧

离别的汽笛在鸣响——
孤独的时候马上就要到了

风往北吹

你我相逢
比如海上，比如湖边，比如古镇
一座最小最年轻的村子

我想起笛声，烈火，月色的吹拂
想起真实与幻影混合
想起一杯滚烫的酒，我要将其斟满
倒入干渴的喉咙

万吨的庆典与狂欢
万吨的孤独和虚空
我看到泉水奔涌，要注入撒哈拉沙漠
寂寥的群星

我看到竭尽，使我的感官获得冲撞
我的心灵日渐丰盈。形与影，光与波交汇
喜悦只是一种极端的例外

我即刻赶往你，要从此刻开始经过
铁轨，飞机，大巴，和一座从天而架的桥梁

从此后我注定是你的，双手沾满寓言
眼睛熠熠闪亮

而风从北方——
温柔又坚韧地吹响

隐士

只有香炉的铜铃记得我到过的禅寺
满山翠竹，一条峨眉小道穿肠而过
隐士在佛堂念经，他的下午课除了冥想
便是叩拜，袅袅佛香从红漆门里飘过

三宝居士在左侧禅房休息，一天最宁静的时刻
晚课还早，香客已陆续下山
山巅摇摇晃晃悬着一轮落日
他来自梅州，家有贤妻幼子，几天前辗转于此
素菜，绿茶，木板房，清修
早晨看见庭院的竹叶，一级级台阶打扫
听得见鸟鸣，泉响，竹扫扫地沙沙声
仿佛要扫净浮躁，只留下静修之人
一尘不染的心

"你要住到何时离开？"
"等到心情宁静，不为山动，水动，人动。"

屋后一眼泉，用竹木引水入缸
泉水注满水缸，又从中缓缓溢出
这里日复一日，老僧自去山后挖笋
隐士的背后
有一处人影大小的青苔

·

平原三条铁路

穿过平原三条铁路，我手心三道纵深的掌纹
我渴望老火车时代
伴随蒸汽云烟，穿越黑暗隧洞

田野开阔铺展，小雪轻落麦地
河道在转弯的地方变窄
弯路处那片橘林，只挂了三枚熟透的金秋

脸贴在玻璃窗上，树在冷风中变色
一掠而过的事物里，榆林、山丘、老屋
一方鲜红的围巾

旧日时光里，我还会想起村口雪人
送行的母亲、父亲，背行李的大哥
站台挥别的手，晴朗天空下
一点一点，淌了满身眼泪的雪人

天鹅的叫声

你为什么使我无端痛苦
当我向你妥协，把最温柔的蜜放在你的嘴边

我只做过一些美梦，一次梦见我们一起
看着成千上万只天鹅从天空降落
在人群中伸展着，高贵洁白的长颈

一次梦见一只大鸟穿过我的身体
你在惶恐中驱逐着这些人间的异物
但我已新长了细小的绒毛
我多么害怕啊，害怕一出声
就会失去你

害怕一出声——
我就会发出天鹅的叫声

我的南方生活

流水清洗，月光打磨的小镇
南方稻米香，飘浮在归来的傍晚
风是暖的，吹送湘水的甜腥
楚地小语，连带辣椒凶猛的温柔

打磨米粉，新酿谷酒——
一扇木门提醒我，关于幸福生活的争吵
就阳光晒干过冬的腌菜
老人喝茶、聊天，转角设了麻将小桌
公务员低沉着脸，并不埋怨生活
光线映着他灰蓝的夹克

一走一跳的孩子，穿着鲜红毛衣
哼唱着流行的凤凰，晚间有人街舞
红扇子里有我热爱的旋律

傍晚煮莲藕的香气，从小巷传来
重复这样细节已经多年，放下手中的包
去院子里接冰凉的井水洗手
晚餐摆放在天井木桌上，屋边芙蕖

开得妖娆，香飘十里

收音机随时收听调频新闻
街灯准时亮起，照见斜飘细雨
天已转晚，但每天都有亮灯的门
向着夜行人，寂寞地敞开

秋风斑斓的小镇

过于浓烈的每天都在消散
八月末，漫长的灼热后
走进了秋风斑斓的小镇

一阵木槌糖的清香，一栋原木吊脚楼
立于黄澄澄的白桦林边
手鼓在悠扬的音乐中轻敲
哪一扇窗，敞开在时空的投影里

我喜欢暮色落巢于湖水
青石板路上回家的卖花阿婆
面露淡淡疲惫，这是质朴的生活本真
午后墙角鸡冠花，昂扬鲜红
像去年我经过的华丽街口

秋风将落日吹到小镇那边
明晨穿越新雪，梅花鹿的足迹
和它不肯轻易露出的身影，被我念想了
整整一年

苗寨板吉

有人在水田淘择水藻
有人犁地，黄牛把梯田整出三分喜气
刺莓开淡红的花，香气绕路不绝
空荡荡的门阶，青苔长满大山的手臂

有人画出连绵的翠绿
有人赶着羊群从深海回来

比这更早的，是青石墙、青石板
寨子层层叠起，触到了白云
有泉眼细流，洗衣妇在泉塘挥舞棒槌

嗡嗡织土布的声音，响了一中午
带喜鹊的苗服刚刚缝到一半
一支苗歌刚刚从喉咙飞出

一条弯曲的石头台阶
还没有走来运送茶盐的黑马
还没有络绎不绝的游客将它惊动

今天下午捡啊捡

闪烁在路边的土房，木楼，泉眼

背竹篓的老妇和摸黄狗的孩子

这就是——

神漫不经心扔在板吉的几分零钱

一江春水

我欢喜和你坐于小船，在沅水漂荡
仰头见水府阁，当日我们求签于此
如今脚踏清澈之河，眼望神圣
我欢喜你的摇橹声，说话声，唱歌走调的
那枚高音。和你蘸着满河的蜜
划出一尾漂亮的弧线

河风大，我为你加衣送暖流
一簇浪花跳至手心，阳光水色衬托你
皎皎轻笑。我欢喜船逆流而上，又顺流而下
渔夫擦肩而过的问答，白鳞洲水涨水落
水波使摇晃的美有倒影伴依

我欢喜人世有此际遇
你指点江波之上的舟楫、水影
惊诧江鱼忽而跃出水面，忽而沉入水底
江景纯净，如你初见我
洁白，年轻的处子

浮世好景出现，往往会神秘消失

而我欢喜这一番中年的同游
"无物可堪比"
岸边残叶不被打扫，今春新芽绽放
除了我们，无人在意江岸的朴素之花
开得铺天盖地

我欢喜我们轻易找到了美
对世人以为平常的物事，常怀感恩

山林佛寺

仿佛一卷经书，打开又即将合上的一页
佛堂泛黄字迹，由手持青灯的僧侣书写
过了多久，只剩下断壁危楼
一座大隐于山林的佛寺，藏于山峰扉页
没有人翻动紧闭的庙门
烟火渺茫，有隐约诵经声
来自门外将要飞升的，一株古梧桐

有人寺旁种了青菜，扁豆墙角睁着紫眼
俗世间一点小温暖。散乱鸡鸣
老狗静卧，没有灯光、说话声
这里是安静的世外桃源
住持下山购置香火，将尘世都留在山外
欢喜、悲伤、失望、希望
甚至于爱了

我们不敢沉浸
害怕寂静无声息带走此生的岁月
我们急着下山，不仅天色渐晚
我们渴望远处星空下，灯火闪烁的人间
渴望明天，我们仍带着新鲜和好奇
经过楼下，热气腾腾的早市

朱雀城

腊八豆炒芹菜，海碗血粑鸭，青椒焖香肠
炖一锅酸菜鱼——汤锅沸腾，米酒温热
寻常夜饭，三五亲朋，皆可喝得一醉方休

家住临江吊脚楼，两只青花瓷酒坛
斜对大门，路人不知觉地瞅了几眼
透过雕花窗，看到湿漉漉的青石板
石板上系着木船，木船下满载流水

邻家小妹戴鹅黄绒线帽
她刚在桥边洗完青菜，起身上坡回家
后面跟着一只小黄狗，阿婶背着背篓出门
戴朱雀银簪，深红尾羽、银色脖颈
簪的是风月无边

做爱时听着河水从上游跌落到下游
陡峭的落差——让人无比眩晕
亲吻时满街挂起的红灯笼，啪啪地
于夜风中一盏盏点亮

细雨绵绵，但已到春天，对面山崖
几株山杏，几束野花，一瓣瓣打开了芬芳

此处安逸，不高于生活，不低于生活
你和我说话的样子，等同于一生——
柴米油盐，白头偕老的经过

江水嫩绿，流动着我们的窗外……

莫非走到最柔软的一天

到达时已是傍晚
细雨在古城游荡——莫非走到最柔软的一天

错过从文故居的书香，沱江水于十一月
我遇见的清澈，仿佛刚刚诞生
但江水已行走了千年

在时间的横断面上，我叫你翠翠河
对面山崖的虎耳草，要你用整晚的歌声
托起我的灵魂——采摘

江中石墩，一高一低，正合我们携手而行
细雨于江中，轻奏着夜的小提琴
城墙藏青，被卖花的苗女点燃
兜售时令鲜花，就是兜售浪漫的心情

该去吊脚楼喝一壶米酒
再从江北一直走到江南，一江水草缠绕
一生的流淌

姜糖香恰到好处漫了过来
刹那间，我们拥有了——
多么浓烈的甜啊，从此时可以延续到
余生的，温柔光阴……

手心里的手

沱江江面的木船，摇橹黑发女子
我在你手心里的手
沿江四百级台阶，建成我们的稳固江山

你来做一个和善的土司，娶我为新妇
从朱雀城到石院坝，大红灯笼一直挂到
古城边隘

和你大街小巷随心而行，一会我是红拂夜奔
一会你乃听琴的周瑜，我一回首你就递上亲吻
大小行李只管当成车马嫁妆
各自安上小翅，一会飞到你的手上
一会又飞到我的肩头

没有比此刻更完整的美好
蒸腾花香，哄哢蜜甜
眼前的绿、红、香气、声音、雨点
我是从你身体里长出的果实

这一年，这一天

你牵着我，安恬的你手握前世的倒影
光阴里的光阴

回忆的甜蜜与相思的痛苦
交缠一生，无法消逝，不能弥补

时光隧道

多数穿越故事，都从老桥开始
虹桥的圆拱弯成——时光隧道的入口
我们从此处，走进灯火阑珊的白塔寺

一只木船咿呀唱着，靠拢流动的水边
这应该是永玉的画，蓝瓷瓶复现了
隐约塔尖。从文则写道：翠翠
河水洗净她
——小鹿一样清亮的眼睛

当年沿桥漫步，满城都是书香
如今是商铺，土家织染、苗寨银饰
街角手鼓碟推动时光响亮奔跑
唯有吊脚楼存放逝去的光年
一排红灯笼，被沿街艺人唱进明清

你细述穿越：土司官兵在想象的堡楼
厮杀。刀光剑影，直到一个夜晚来临
姑娘走进，说出黑暗骑士已死去多年
于是光影消失

青石板有细雨浸湿后反射的蓝光

在尘世，我们有一万个寂寞的理由
但只有一次相遇，使我们摆脱无边扑来的
孤单

朱雀沿沱江飞翔，回看我们牵手走过
河水流动，水动花开
多么好啊，我们终于找到一家存放未来的
小店

大河流经第七天

沅水之夜：第一天

你年轻的身体是沅水江岸最青翠的岩石
仿佛创世纪最初的一天，一切都未展开
你俯下脸，你低语的声音
像那个夜晚蓝色的月光

此去数里，沅水不声不响环绕着我
此去数里，远方的风敲打流动的波纹

我看你模糊睡去
我看你把一道流水引进我的子宫
我看你婴孩般信任这样的纠缠

这一瞬间的停滞是创世之前就已注定
我们只是用七年的时间顺流而下
摸到了它柔软的内核

"我相信是最好的，也最美"
那里的船只数亿年前就已存在

船工一直在等待我们登船
那里的莺雀是时光留下的手印
啼叫声布满我们的额头和心

我迷恋你的肉体胜过灵魂
我迷恋红尘胜过虚空的极乐天顶
我迷恋你——
这一天携带滚滚泥沙流经了我的身体

大通河的流水：第二天

这个下午的温柔，注定要给水
给阳光注满的大通河
注定要给暮色中，站立在河流之侧的白桦
它们向青海的荒漠伸出——
那一根柔嫩的枝条

注定要给远处的阿尼万智雪山
雪光拂照着戈壁和荒漠
它们回应于我的一声低唤，洗净了
藏在我体内的全部尘土

注定要给波光闪闪的大通河
它日夜不停流淌，溅起的洁白
让我的灵魂，被哗哗的水响洗净

注定要给新锐部落的藏族兄弟
——王更登加
他真诚的泪水抚慰一个异乡人的孤独

注定要给河边一群自由自在的白牦牛
它们看我时温良的眼神使我心生惶恐

为什么我不能像它们一样——
自由，勇敢，安静，慈悲地活着！

澜沧江的气息：第三天

这是亡灵预言过的一片江水
浮动在月光沸腾的脊背
群山匍匐天幕
来自雪山的涛声，此刻为我所有

澜沧江边，群鸟睡去
夜风弹奏时间的竖琴
——很轻，很凉，很妩媚
仿佛流沙拂过了蓝色的星球

梦把我带到远山远水之地
我看不清层峦、银浪、金沙，
树影重瞳里江水守护的寺庙
只能用眼睛丈量一条涨水的河床

摸到午夜的流水
摸到祭歌里走出的黑龙，闪亮的鳞甲
我知道在月光升起刹那抚摸江水，
我就可以从澎湃的源头
用双手摆动它——
柔软的尾鳍

洞庭湖水：第四天

二十四节气中我只剪取你
夏至的一小块明亮
江岸数间青屋，湖心一抹葱翠

你来自雪峰，山顶有融化的云肌雪貌
谷底卧平湖——照见鹤影、游鱼、果蔬
溪上一叶扁舟，三二渔人

溪水自桃花山流来
山林楠竹起舞，白鹭双飞
蝴蝶东边来又自西边飞离
山民赶集归屋，牛羊在前，竹担在后
肩扛一筐汗水，一筐闲散乡情

丘陵、峰腰、山坳，随处是时间的逗点
溯流是过去，顺流通向未来
我叫你花，岩，溪，轻轻的
像叫母亲膝下的妹妹，父亲手牵的幼儿

两岸青山慈眉善目，绕了沧水之左
又环浪水之右，它们早已血脉相通
只是流入，融合，相知，相守
两台江流的永动机，载着两岸生灵
在天际——无止境地奔跑

浮玉长江：第五天

我来时，长江已老
——于焦山之臂
日夜听流水的僧侣，恰百岁高龄
随喜推开红漆山门，可见满目秋光
这里新修木栈道，积满浪花的清凉

我看到桥边钓鱼人站立许久
但只钓走最后一轮落日
香炉燃于山前，升腾烟雾的山中
遍布喜鹊的身影，观云楼挂有铜铃铛
从北方吹来"叮叮当当"的声响

我不愿把狭长水洲，形容成分割长江的
利斧，漫长时日或会斩断滚滚浊流
但这里只是与世隔绝的山水田园
年轻木芙蓉，渐老芦苇花，一泓长江水
借清风送来美好、开阔和自由

轮渡将接走隔山隔水的黄昏
这长江的浮玉
——翠绿、简单、纯粹
这长江的浮玉呀
跳动着我的心，温暖地流淌

涉江：第六天

我来得略晚，但我们仍可以一起
眺望沉水对面的蓝色江岸

我们模仿一对飞翔的大鸟
北岸至南岸，翅膀掠过洁白的河水

轮渡装载余晖与我们同行
汽笛长鸣提醒我们归来的时间

旧时光里，吊脚楼的红灯笼已被点燃
雕花床，红菱被，一对鸳鸯戏水于波心
邮差从青石板上递送，手写的情笺
老河街，用一声细远叫卖亲近我
北方的至爱

我们用一束波浪开始傍晚的旅行
如果渡过去，在明灭的河水中找到前世光影
如果渡过去，你不用迷惑
不用再去找寻屈子投江的茫茫水岸

沅水永不停息地奔跑
自西向东，从来不曾更改它的流向
迂回的只是心，需要用加倍的执著
来纠正偏差的航道

这蜿蜒的河流，饱含我一生的爱恋
对面的渔船，轻摇于潋滟水中
渡过去吧，我从来不曾放逐过你
我放逐的——
只是满河流动的寒潮

你看，在我们的前面漩涡涌动
那就是用无尽形成的——
沸腾大海

恒河之水：第七天

我注定要成为一条断流的河
我终身奔走都是为了到达同一个尽头

我踏着冰雪来到这里
我辜负任意一道海上春风
我骨头里装满咔嚓的风声
我灵魂上飘浮细末的白雪

我注定是你无法改道的河床
注定要承受一次盈满
一次干涸，一次裂变

注定我的开始是喜悦水沫
结束是海水落尽，一粒干枯的沙尘
我注定是你的——

我注定要被恒河之水反复打磨

第二辑

长天秋水

南湖秋光

秋光勒紧了奔跑的缰绳
湖水何其浩淼，但我只想把它
装进一只狭小的酒囊。我把灯光拧紧
手里这轮落日
越烧越红，越燃越暗——

整座洞庭湖都聚拢到我的胸口
芦荻在唱歌，漫天飞花，我怕喉咙的澎湃
被湖水打湿，守着这半日光阴，沉沉地坠入梦乡

到处闪烁金黄的鳞片，从大鱼嘴里吐出
一艘长臂的挖沙船。湖里有深紫的影子
银质酒壶流出满天的蔚蓝
有没有一句比爱更烫心的话
——在秋风中飘散

我们在南湖的秋天相遇，在波浪中相爱
在一只秒表计算落日下坠的五分钟里迷失
我的迷失是你
是整座水波粼粼的大湖

·

做了一匹岸边的白马，跟随时光越追越远
我感到熄灭的光在召唤我
召唤一个异乡人的靠拢
亲爱的亲爱，我有点害怕——
秋光就要垂下了金色的幔帐

小春风

父亲渐白的头发越来越像春雪中的武陵山
雪越落越大——
就要盖住山顶，满满遮蔽我们一起度过的
青葱时光

我记得屋檐下的冰，一条小路通向田野和学校
记得父亲将六岁的我背在背上
阳光下，我第一次发现他后脑勺
有一根闪着白光的小春风

和母亲一起打板栗

母亲想念娘家山里那棵板栗树
少女时她亲手种下了这一棵
如今深绿的叶藏着浅绿的果

踩出芭茅小路，我们一起去打板栗
秋风噼里啪啦吹落刺球
时光的苍老刻在树轮上，母亲脸上
也刻满柔和的细刺

一根竹竿就敲落以往的生活
剥开刺球看见咖啡色的果
一丝苦涩紧挨一丝清甜

乡路数年奔波，外公外婆去世
家里贫穷的舅舅和不争气的侄子
母亲竭力维护娘家微薄的利益
日子挨日子，四十年不过是树长大一瞬

打板栗有技巧，储存板栗也是
秋天把恩情凝聚在一颗板栗体内

我们一起摇动枝条，板栗落地噼啪作响

时光逆流，从前种树的那个小姑娘

微笑看着已近中年的我……

熬制蜂蜜的时光

和着蜂蜜熬制的黄昏
有着稠密野草花的甜香——

父亲的药房堆满大山田园的动植物
白术，黄柏，乌梢，金银，蝉蜕
一条金白相间的蛇盘旋在玻璃瓶里

小煤炉的铁锅里，蜂蜜温暖地流动着
我从起泡的蜜中挑出一根糖线品尝
父亲母亲和我，在他们老去之前
我还有很多时光陪伴他们
用熬制的蜜做一服上好的药丸

父亲一贯细心，新做的药丸须得大小一致
赶在蜂蜜变冷之前
他新染的头发渗出了白丝
母亲空闲端来一碗热腾腾的芝麻茶
天下美味都要先运送进女儿的肠胃

我不是很多年前听话的少女了

我喜欢这样漫延，在小镇
许多人都不能达到人生的巅峰
许多人都留守在孤独的平淡里

我手中有药丸香，心里也有
他山之上明日会新长灵芝，也许是萱草
对于我们来说，这都是一味药
我们在一起，相守着，相爱着
蜂蜜中掺着苦涩的药粉，才能平和地
治愈人间的疾痛

和爱人一起观洞庭落日

远处传来轰轰隆隆的声响
也许洞庭湖上要预演一次相遇

我无法形容湖水，这巨大悬垂的眼瞳里
储存一轮落日，周围的芭茅草在秋风中
释放着柔软。白色、新鲜的点缀
经由我手的温暖

反复在堤坝消失的身影，一行南归的鸥鸟
抹去了湖光山色。一切都刚刚好
跳跃在波光之上的金黄在舒展，麇集
而你在我身后——
你藏匿在一只细小沙漏，深情的流动中

对于美无需太多描述
比如要把秋风化成明媚春光的一种
比如把相爱换成了平淡的相守
我沉默着，只是把嘴唇轻轻贴在
你微白的鬓角边

秘密

时光的秘密，在于每一个点上
你都可以逆流，可以让自己漂浮
也可以让一切重新开始
有时我单独与童年的你相遇
你躺着的苹果树下，散发洁净的芬芳
一只鸟从草丛里忽然弹起

我看着黑眼睛的你
把石头扔进邻家院落的你
爬火车时惊慌的你
被祖母烧火棍追赶逃跑，得意洋洋的你

无意中回头看到篱笆边
白衣少女，漫不经心的你
我总是忍不住抚摸一下那些瞬间
丝绸、棉花、湖水、白云，所有事物都不能形容
你对我这样柔软的轻视

叮叮当当的碎草机来了
但我还没有准备好
不忍心，我们就这样被时光摧毁——

陪读巷

每天走遍纵横交汇的小巷
以红绿灯为界，左边是朗州中学
右边鼎城一中，陪读巷隐藏其中

家家灯火等待深夜回家的读书人
点燃暮色的也是这一间间斗室
夏日吹拂凉风，冬天发出暖光

每天我平和注视儿子离家的身影
双肩包里有复习资料、水杯、保鲜袋包的苹果
以及亲情织成的期望和担忧

每晚听他摸黑上楼的脚步声
他热气冲天，整个世界在他的手心旋转

租住屋的时钟嘀嗒响动
不紧不慢，不慌不忙，不愠不恼
今天它又提醒我们——
高考计时牌上减少了一天

北山牧场

有人在北山种草
有人在南山放羊

牧人划地为王——统领这块条索状的牧场
从高山铺到低谷
紫苜蓿围地而坐
马鞭草一声不吭

头羊顶着暮色，项圈的铃铛叮当作响
造物将我引渡到此
我穿得像一束野胡葱
我走动如一把风中的芨芨草

我生长于此，但我不是满山摇动的鹅掌楸
不是羊羔，弱牛，小雀
不是一棵树，一株草，一阵风
时而满怀柔和，时而又面露凶猛

我说我是一只金黄的幼虎

畜牧志

编撰五十年的畜牧志
有一段话，写到十年前轰轰烈烈的种草养畜

我们修羊场，在 1804 线的良田里
种植篁竹，苦苣，燕麦和黑杨
春天从城里搬到山上，畜牧师日夜翻查书本
想找到波尔羊最佳的繁育方式

欧美杨一路占据北山的丰美稻田
我们记载五千亩草地，十万只牛羊
都不是虚构的数字，人们有气冲九天的干劲
和向光飞行的愿望

当年遍布的细节我已不能一一复现

但在书的结尾，我保留了一个省略号
以描述这耗资巨大的工程，最后留下来的
一点儿荒山，一小片草坡
和一个叫杨万喜的工人
他死于建筑羊场的那场事故……

·

春风穿越牧场

苜蓿散发清甜，运草卡车开进牧场时
黑麦刚被割头，此时短发抖擞

我从山坡跑来，一头小牛温柔的眼睛望着我
哞哞叫唤，油菜花开得很美
一排蓝色屋顶，侧睡在蔚蓝的天底

挖土机翻耕新的草场，沃土清香
奶牛躺在阳光的阴影里，反刍青草
挤奶工是邻村农妇，黑发亮眼，臂粗腿壮
用斗车装玉米的小伙，上月才从广州返乡
牛仔裤，运动帽，干活卖力，笑容质朴

绕过浓密篱笆，一只黄莺从草地忽然飞起
牧神宁静宽容——
孕育在一头花白奶牛，膨胀的乳房里

狗腾地竖起耳朵，它听到运奶车从城里回来
这里安静美好，天气暖和，人心知足
挤奶工从屋里搬出小马扎，一双大手
麻利地挤出乡村——
一股股甜腥的春风

牧羊生涯

我曾有一年与世隔绝的生活
寄居北山
在荒僻的山林，做一个牧羊女

北山有翠绿的草坡，蓝顶红砖的羊舍
我整日与羊共舞，热爱羊群和放牧
并亲手养大了三只波尔小羊
分别取名叫：波马，波黑和波涛
我爱它们，个个聪明可爱
但最终都被人卖到了异乡

那年大雪，冻死三只昂贵的波尔羊
弄丢五只黄羊
我曾为此彻夜良心不安
但我救活数百只患病的马头羊

山林无边寂静我流过眼泪
放牧美好，我也曾大声欢笑

我结识了三个牧羊人的好朋友

·

一个结巴，一人微跛，一个正当少年
他们忠诚，可靠，勤劳
但对人民币，都有一点点贪婪

蜂箱

三月第一个响晴后，养蜂人开始摇糖
如果天气一直晴好，待橙花谢尽
才会考虑将蜂箱搬到遥远的甜蜜之乡

蜜源地又远又荒凉，男人搭帐篷
摆蜂箱，女人铺床、生火做饭
此后每天，可以不和陌生农民搭讪
但一定要找到一块开花的田野
安顿好每天的飞翔

如果养蜂的主妇是我
我会和你走遍田野山村，除了带上爱
我还要带上木桶，去有泉水的地方提水
还有一册书，几张白纸——
我需要沉静的话语
时时萦绕在我的肩臂……

雪天调查

出发时牧场将降大雪，
一段泥路后，是被冬天扫荡后灰黄的田野

牧场正经历危机，准备杀掉瘦弱的奶牛
甚至倒掉白花花的鲜奶
面容黝黑的养牛人，呆坐在牛栏前
唉声叹气，大面积寒潮连同低价奶的消息
打击着我们的心
我希望牛群都不要生病，希望它们能躲过
今天被临时宰杀的命运

我想起春天苜蓿开紫花，奶牛在蓝天下
悠闲散步
想起秋天，青贮窖里散发清香
挤奶工的笑脸盛开如一朵向日葵

牛奶在挤奶罐里发出沉闷叹息
冰粒子把香樟树打得哗哗响

如果可以把美好的事物干燥保存

如果把希望青贮进地窖，晴天一点点放出
踩着温柔洁白的雪
我感到非常难过

采蕨

春天我们去采蕨，在流水边
捕捉恐龙时代流传下来的物种
卷曲耳朵，神秘地倾听

每天它们都长得更高，叶子散开
翠绿很快占据了一座山头

每天都有新的事物来临
一条新公路开始动工
每天都有敲打石头的声音
每天都有挖土机轰隆隆开进山村
每天都有姑娘和小伙离开牧场
去南方打工

野蕨一声不吭，那不能说话的——
碧色泉水将很快从它们的耳中
流向世外

乡居日记

季风来临前，阿姐打来电话
邀请我去看乡下，她的稻田和菜籽

我一意出门，想摆脱牧场
令人忧心忡忡的新闻，小牛鸡仔一样
尝尝地里的新谷和青草

春天一场雨，溪水浑浊，空气净美
榆树又绿又亮，可口榆钱饭，扑鼻香椿蛋
阿姐纯朴好客，新结菜籽粒粒饱满
说酿好菜油送我，可放心食用

河堤上，她放养的两头猪
哼哼叽叽，悠闲散步
并不同于前些日子
因为忧郁，自投黄浦江的那群畜生

牧场夜雪

偶尔，我也想起牧场的夜晚
想起我们红砖木屋的羊舍
大风吹得屋顶帆布条，哗哗乱响
我们准备好金黄的干草和秸秆
为了让羊群顺利度过大寒

下雪那天，我们烧旺炉火
羊群陆续回家，雪花打落到它们身上
那场罕见的大雪整夜都没有停过
我和牧羊人打了整夜的纸牌
轮流起夜点亮走廊的灯光
为羊群添加厚厚的干草

我去添草那次听到了
几声熟悉羊的叫唤，然后从四面八方
传来雪扑簌簌，打落什么的声响

好像是那一场雪，压断了牧场的电线
楠竹和偏屋，它将牧场满满盖住
只剩下记忆中的那个冬夜——
漫长，又宁静……

·

夏日时光

你那里的庭院，夏天开满奇异黄花
海棠用嫩红新枝，支撑起天空的一半
另一半是你的

我一趟趟晾晒洗好的衣物，红底碎花的
床单飘在蓝天底下，阳光使我
重新变回一个幸福的女人，你忙碌
而我等待

窗外的飞鸟带来一片羽毛，那又轻又小的
仿佛是时间从肩头轻快滑落
傍晚很清凉，可以想最小的事情
走很远的路，感到清晰的美好
溢满我的心怀

我们相爱已久
整个夏天，我们都在话语中设计未来的
小屋，那奇妙梦想一次次引发内心的
波荡。仿佛一滴露水，从皮肤上滑落
很快，很快地——
掉进了大海

在世界最后一天

我摸索到了不知名的焦虑——在每天
在我失去了你
在我离开你的时候
在世界最后一天，最后一刻，最后一秒
想你时，就有白鸽子飞来
嘴上含着一枚绿色的橄榄枝

我摸索到了未知的奇迹——在未来
在此后每个时辰
天空布满灰尘
把我卷入漩涡，在噩梦的海浪里漂浮
想你时，会否漂来一根浮木
轻，但可以伸到我绝望的手中

我申诉对你的疑问，把大地当听众
而唯一的审判来自我心
大地剧烈震荡，你是否相信？
在世界每一天，每一刻，每一秒
在世界所余的最后部分
都是你，都是摇晃的爱
都有被时光照亮的——
甜蜜肉身

致索德格朗

索德格朗，我在车厢里读你的诗
我思想的戒指，正套在你多舛的命运上
成千上万的蝙蝠倒挂于夜幕
我要微笑着去拥抱苍白的你

秋天我曾一度陷入深渊
但我想对所有的黑暗致以问候
像从未走出花园的你
闻到苹果树上的淡淡清香

你咳嗽、肺热，死亡之手抓紧你的脚踝
疗养院的两根柱子瞬间涌起波浪
我被伤害了，世人怀有妒忌诽谤
我献出一颗真挚的心
却只收获了冷嘲热讽

索德格朗，你一定领略过美和善
在寒冷交加的晚上，你赞美陌生人的笑脸
转身却为颤抖的自己流下眼泪

我在黑暗的海上漂流

听到九月的竖琴声，它使夜莺飞起

使迷路的人——闻到淡淡的苹果清香

雪豹

一只银色雪豹在天空撒野
大风拿鞭子驱逐这异域来客
一溜儿向北走的小镇，人们围着火炉
聆听它柔软的脚趾，踩过茫茫村野

距离回乡潮还远，还可以不紧不慢活着
这里很寂静，不是南方某个电话亭
不是电话亭里惦记巨兽的那人，他不说话
静静听着话筒里的簌簌落雪

一年快近，也许今年年末不回家
只记得去年离开村庄，和母亲一起出门
小心翼翼踩到它，长及膝盖的白毛

忽忆旧事

那个深秋傍晚，丈夫匆匆赶去血站
公公白血病晚期，每周都要输入新鲜血浆
以维持他日渐枯萎的身体
他对生命的依赖感越来越强烈

我和婆婆在病房的板凳上坐着
墙壁糊着旧报纸，字迹不清
病房对着长长幽暗的走廊
不时传来病人走动的，踢踏声响
它带动阴暗的风在病房流荡

我们忧心如焚，守护弥留的亲人
他锁骨深陷，脸色苍白
我甚至感觉到他全身炸裂的疼痛

他神志不清，在傍晚模糊的记忆里
叫着远在广州的小儿名字
伸出手胡乱地想抓住什么

我们听到他轻轻叹了一口气

等我们泪流满面地转头
才发现死神已经带走了他
一并带走纠缠的痛苦
——戛然停止在半空的牵挂

月光下回乡

趁着月光回乡，妈妈
朗月轻柔，恰如落在我们间的一场小雪
从省道拐进乡村，后视镜里看见隐约灯光
像梦中飞腾的萤火虫

我看见你站在暮色中，夏天蚊虫飞舞
你着急去代销店为我们买一瓶凉茶
着急切开冰镇西瓜，冰凉的甜
刹那流进我所经过的浮躁生活

我们随意说说近况
你血压偏高，喉咙发炎，身体不好
诊所赚了钱，无需我们负担生活开支

你一天天接近衰弱
不再染发，头发如落雪的富士山
心脏长期服药才能保证完整的动力
小镇电力不稳，空调没法启动
陪你坐在转动的电风扇下聊天
你说起死去的外婆，双眼忽然湿润

·

妈妈，过会儿我将趁着月光离开
我把你们独自留在空寂的小镇
一盏盏微弱的路灯即将熄灭
好在我还有满天的月色照路
好在我还有你们

谢天谢地，大天使啊——
你要让我们相聚得更加长久

清水肉丸汤

选上好里脊与三分之一肥肉剁碎
加入祖传调料，做成新鲜肉丸
清水半锅煮沸，滚下红枣黄芪
加油、盐、味精，再撒下少许芫荽
即有一锅香飘四海

小时在祖母厨房学得精炼
中年后日渐臃肿，唯碗盏间焕发了青春
这一日我们交换祖传秘诀
知有蛊惑妖媚之术，却只暂留人心
唯一厢私房菜，隐藏沉沉爱恋……

我不再如青果放置于你半开的酒窝
灵魂中我有小兽之心，逗留人间几许
却打不开命中天书，不如留了胃
留了口舌，留了一份惺惺相惜之心
庆幸人世间还有——这长久连系我们的
热爱和甜美

与父书

你口若悬河教导我，设想种种人生让我选择
父亲！我经过的每条岔路
是否都将生活引向不同的结局

黄昏大巴最终将我带向哪里？
在暮色苍茫的大地，我无法确信
不为自己每一种选择后悔

少年时我蜗居小城
门前正对一条铁轨
火车擦拭黑夜飞行，一声急促长鸣
多少次粉碎了我的梦境

我经历过无奈的生活
有一回世人将污垢泼在我的身上
有一回被人放逐到一个无人孤岛
有一回八年艰辛只赚得满脸泪水
如今，我只有小愿望赚取生活的米粮
如今，我只有小愿望使灵魂纯粹澄明

父亲，我从未抱怨过人生
博大的光辉不会在我身上闪现
我不知道会否为自己的选择后悔
我努力经营每一天
却逃不脱命运之手的宏大安排

黄昏大巴将带我去向哪里？
从前你高谈阔论，如今沉默寡言
若你洞察人生的迷津
我请求你，父亲——
请你走过来，抚摸我的头顶

车站旧事

绿皮火车滑动在一座城和另一座之间
一根孤独的琴弦在弹响
从树林过去，客运站、火车道
铁路边的夹竹桃，散发有毒的甜香

十里外一条不算清澈的河
连接一座座奔跑的土丘
百里外是树林，平顶房，一堆鲜红的柿子
千里外是澧州平原
一望无际的稻浪

我在火车站哭过，眼里装满积雪
一趟火车下午三点准时开往异乡

京都，我爱你眼角那颗泪痣

来来回回在站台跺脚的你
我们有小人物的悲欢
我经过，夹竹开花，内心寂静
拐弯时火车发出长长叹息，有人打开车窗
一边说话
一边扔下那些叮当作响的旧物

·

冰糖甜酒

我喜欢冰糖甜酒胜过咖啡奶茶
我喜欢棉布衣衫胜过织绣锦缎

我喜欢沉默寡言胜过夸夸其谈
我喜欢野花、莲叶胜过盆景
或一座修剪过的庄园

我喜欢此刻相逢更甚于暗地迷恋
我喜欢你不说话，但风婉转吹来
久违的微笑

我喜欢一个又一个想象的夜晚
光阴的慢，静静消耗掉
青春——所有的光年

晒衣线

东城区，我寻遍大楼小楼的缝隙
才找到这一处阳光空地

牵一根电线，在树与树之间
我想晾晒十年来你屋里藏满的阴影
我喜欢阳光很大的日子，飞舞的光线
一直透过窗户照到床前

洗衣机转动，这些年我们过得轻狂
那些沾在生活里的污秽，发霉的想法
沮丧的泪水，坐地铁放进公文包的叹息
有污迹的地方我都一一洗净
剩下的事就交给愉快的大气

晒衣线上飘啊飘的床单、衣服和心情
傍晚我把脸贴近它们，感到一股干爽的
暖意，我把干净、美好折叠好带给你

余生就是等着你回家，天渐渐黑了
接下来——
星光开始撒了满地

·

我醒得比一株木棉早

起床时，连一棵木棉
都没有醒来

路灯打扫了三分之一的天空
另外三分之二，交给树叶覆盖
我从最窄的门里出来，星光不浓不淡
刚从天际抹去。某天
某天的某天——就要从世界的圆盘里
剥落

表盘嘀嗒，却不告诉我
如何度过今天，需要保持怎样的态度

我像心平气和的人吗？我狭小的
衣袋里装的其实都是乌云
我不允许你跑开，不允许你找机会
摘下路边的野草

我已学会虚幻的仪式，却绷紧射向
太阳的那根弓弦
明亮的早晨啊！请宽恕我
我要最早地摘下你，唯一的温暖

·

绿洲

雨使大地变成颠簸的海
大巴是汪洋中的一条船，它的航线
就是为了寻找丢失的绿洲

打开尘封的记忆之书，我想找到一个隐者
一个寻找生命意义的游客
当死者从百慕大回来
我听清他的低语
"肉体会死，清水会浊，但灵魂永在徘徊"

我记得祖母离世前最后的叹息
从此她再没有折回，不在路上
不在我能感觉的任何空间
只留下了一个巨大的黑洞

年轻时我获得珍贵的生命延续
但此后周围的长者却一个个失去
失去，就是割断我生命某一部分
与海相连的陆地，一片片沉没在大海
沧海隐没，但真正的桑田却没有隆起

我必须穿过这幅黑暗的图景

到达灯火通明的城市

到达自由之地，圣洁之地，快乐之地，

向冷漠递去笑容

向欺骗递去宽容

向毁谤递去和解

向世界递去我的祝福

在黄昏大巴上想起爱，想起孩子

想起他熟睡时甜美而惊人的小身体

——以此作为这首诗的结尾

香樟树上的集会

冬至的香樟树比一丛蓬勃的秋菊
更招一群小黑雀的喜欢
乌青、沉甸
它们用小嘴啄开浆果，觉得十分甜美

黑雀心意相通
鸟儿夫妇先用二重奏拉开了晨曲
越来越多的路过鸟在加入
有的吵吵嚷嚷，有的温和多情
有的言辞激烈，有的沉默不语
翅膀刮起一阵黑色的旋风

在香樟树大道，人群聚集
他们焦虑气候、霾都、房价和熊市
我弄不懂鸟儿因何事而来
只听到有只鸟提到了某个村子
村边一条河里流淌清澈的乡愁

黑雀集会在香樟树上
人们拥堵在香樟树下
人和鸟，用不同的心情分占世界两极

暂别

暮晚，外婆送我离开——
寄养五年，忧伤的低气压笼罩着码头

桨声激荡，出家门我就知道
顺水而下的船将一去不返

夜色收拢江堤的翅膀
我看着你的银发越来越暗
身影越来越小，挥动的手一直不肯落下

那一年我六岁，六岁的我听到江岸传来
一声大哭。你强忍不住的哭声在河上盘旋
一去不复返的岁月，从此久久在河上盘旋

天色渐晚，明天太阳会照常升起
很多年后，我有话讲给地底的你听
时间是可以伸缩的经纬——
书上说：

"人生的每一次离别都是暂别！"

空中菜园

婆婆接通七楼楼顶的水管
她在水泥地上打围子、铺鸡粪
老家侄儿用手拖车运来两堆黑土
一老一少费力地把土搬到楼顶

铺土，碾细，分垄，清沟
接下来就是点种，浇灌，等待芽苗
钻出空中的四分之一亩地

余下时间，用来捉虫、施肥和期盼
阳光噼里啪啦落下，婆婆边整地
边念叨以前乡下的光阴
下雨，她静静看了一会儿菜园
有次我无意看到她和白菜拉家常

"二婶闺女没考上大学，直接去广州打工，
刘三的青蛙养殖基地至今没见一只蛙
纯粹是在乡里培训骗钱"
说起死去的公公，眼泪哗哗掉落

·

菜园里的青菜越长越俊

冬瓜圆胖，豆荚狭长，白菜膨大

牵藤丝瓜把手伸进我家的窗户

吃不完的蔬菜被婆婆用来外交

一楼刘妈带孙子，给娃娃菜一把

二楼退休在家的二老捎上一根丝瓜

还有三楼、四楼，母亲用空中菜园

敲开了一直紧闭的邻里门

我也不知道什么时候

我强大的母亲

竟在城里建造了一座她的村庄

泉水

奶奶病后，有天我替她擦身子
见到她垂在胸前，两个布袋子似的乳房

那些饥荒年，大姑出生后吃奶到三岁
小姑四岁才停奶，而我父亲整整吃到十岁
奶奶说："没有什么营养品，小孩吃了强身"

怕村里人笑话，中午父亲放学后
奶奶就悄悄回家一趟，她撩起土布衫
又大又饱满的水蜜桃——

十年间
甜甜的蜜汁，泉水一样
从没有枯竭

家事

父亲商量一家，安排奶奶葬礼事宜
酒席七十桌，由姐姐请厨师，姐夫买菜
火俱炉灶厨班当天送来

寿器四十年前就已安排妥当
上好清漆，由小姑联系抬棺十六人
请的都是老家男人，他们熟悉墓地
爷爷的坟居左，新坟居右，占邻居菜地一块
奶奶临终要求土葬，说怕痛

道士班请袁师傅
这个远方表叔会锣鼓，念经也远近闻名
按习俗搭十九个拱门，外孙侄女一家一个
将孝心从清河口一直摆设到柳叶湖

姑姑送歌舞一台，大姑请来乡村乐团
守灵的三个夜晚，除儿女之外
奶奶远方侄儿轮流，一家一夜安排一人
蜡烛、纸钱、灯笼由表婶调停

家事

葬礼安排一应俱全
躺在堂屋里的奶奶，已听不见亲人的哭声
她像往日一样，对家事并不插言
都指望她那些枝叶散开的种子

六十岁后，奶奶变得软弱
跟随父亲走南闯北，今天也只静静躺着
——无限信任父亲对她的安排

新年快乐

醒来已是新年第一天，与往日并无不同
去花店看花，银行排队，超市购物
去菜市场买青菜排骨，预备中餐
在阳光下读一封远方来信

穿好新棉衣，坐在孩子对面
他在测试卷上填答案，秒钟嘀嗒嘀嗒
黄昏开车去乡村，寻找地平线包围的生活

思索如何消耗一生，一天正如一年的投影
年与年的终止与开始
如拉长的弹簧，学会在绷紧的瞬间保持平衡
学会认识黑夜，赞美白天

学会松弛下来，心怀平静
学会从容，忍耐琐碎，并接受由此而来的空虚

学会感受细小的温暖
并确信它已经在大街小巷——
流行

我要做你的强盗

我要用你蓝色手柄的牙刷，喝你壶里
新泡的龙井，我要用你用旧的毛巾
它摸起来柔软，我要枕你的菊花枕
穿你那件有小破洞的圆领衫

我要做你的强盗，看你爱的文艺片
支持你愤青的想法，和脑袋里的民主
我要吃你北方的面条、大锅盔和酱白菜
信仰我会因此而长出国字脸

我要用你的嗓音说话，用你的笑脸和小区
卖馄饨的老太问候。我要抢门的钥匙
偷走你爱看的书
霸占你的衣架和厨房

我要做一个强盗，伺机抢劫
白天虎视眈眈跟在身后，你过天桥我在桥下
你走路的左边，我就在右边和你并肩
夜晚你打开房门，我早已得意洋洋
坐在床头

我要盗去你的 QQ 密码，删掉你和美女的
聊天记录，我要偷走你的邮件
把有毒的都放进垃圾站
我要抢走手机，切断你与世界的联系

我要做你的强盗，抢走你饱受饥饿的童年
从此大鱼大肉，放任你食无节制
我要抢走你丧父的晚上，不让你流一滴眼泪
我要抢走你的生活，做你可恶的管家婆
但最后，我答应你——
要还给你一个幸福的晚年

所爱

这是我心里最温柔的词语
我为无尽岁月流下过眼泪

在玉龙雪峰，当我登临雪原
看到万年冰川的峰底，在极寒之地生出
灿若锦缎的玫瑰，我的身体陶醉于
尘世的美景，而灵魂却去往你在的京都

我曾在佛教圣地南岳朝圣
香火缭绕，我们鸦雀无声
领悟神的光芒，远处山峦因虔诚祈福
而变得微微弯曲。
寺中僧侣用指尖轻弹我额头的尘灰
除了你，世间所有物事似乎不值一提

那个夜晚带着你的气息来临
岳麓山的暮鼓敲碎你的眼神
我记得离别是寒潮来袭
我们拥抱，聆听飞机掠过的轰鸣

桐花惊落，我的虚空来自广大的世界
你身体的部分被永远留在我的体内
我们不需要时间
不需要歌声和诗篇，不需要赞美
甚至毫不在意我们之间飞过的死神

那年我们一起去泰山顶峰沐浴星光
我看着你，地球落下，我们上升
脚下一条蓝色的河流正迅疾飞起
去往云端
我低声叫你："哎！我的——亲爱！"

罗江夜语

罗江，今晚用你纵横江河的心
和我说说话吧！
你打开肉体的山谷沟壑
而我敞开灵魂的千里旷野

春风吹来你的气息令我昏迷
我听着岷江的流水声
闻了一夜的油菜花香
罗江，月光明亮又幽深
等小街灯光熄灭，请你把心
空一会儿，静一会儿，听一会儿

美好的夜晚，美好的人间
我想告诉你一个秘密，我爱上了你
我爱上了……

罗江，新种的稻禾还未出穗
雨水才刚淋湿嫩红的香椿
我就拥有一生的激烈和狂热
街角白玉兰怒放

·

这就是我的爱了——
纯白，寂静
我为它感到甜蜜又感到迷惑

罗江，你有小径分岔的路口吗？
你有红绿灯混乱的夜晚吗？
我迷路了，找不到原先的生活
但我决定爱了——爱
你身体的花朵，胸口的野草，
你肩头的阳光，你脚背的泥土
和你怀抱的所有

罗江，今晚你的街道又长又深
你的田野又大又开阔
你的小河又清又美丽
让我在你的春天藏下秘密
罗江，我爱上了一个人
我爱他所在的所有世界
他的罗江，也是我爱恋的热土

我感到江河荡漾，我心动荡……

生死至交

在众人中你是唯一，也是最初
你良善如父，有酒的身体，矢车菊蔚蓝的眼睛
当我穿过时光隧道找到你
拧开紧闭的门锁，却看见灯光底下
一头柔情的豹子

我们亲吻，入骨拥抱，阳光下散落了
你一地的金色豹纹，但你慈悲
将过去止于我清澈的泪里

你向大地投放光芒——
将温暖给我，用金色涂满我的嘴唇
你将痛苦给我，磨砺我心上的钢针
将毁灭与再生同时置于我命运的头顶

从盛夏到深冬
我才知人间有至美至乐至疼
我对你万分眷念，只因要与你生死契阔

执子之手，你我咫尺天涯
这一日，你短信说："好好爱，好好活着！"
北方万里晴空，你原意是给我微笑
而我却在电话那头，泪飞如雨——
·

冬至夜听文静读诗

她在读一首诗，夜里雪落的声音
盘旋着卡萨布兰卡的音乐

走廊静寂，一扇木门关闭后
吱呀一声被风推开

跟随她——
我在经过一座村庄，油绿绿的麦苗
春天的脚踏车
要去赶赴一个爱情的约会

我们都很年轻，眼睛刚刚发芽
身体微微膨胀，一对春天的乳鸽
躲避路人好奇的探寻

他热乎乎的后背，有诗歌
有爱，在音乐声里轻轻生还

随便说些什么

晚餐吃的菜是木棉花炒肉
绵软、清甜，像把白云咬下一块
野生菌鲜美，采自祝融峰

傍晚下山，露水沾湿满身
发丝缀了亮晶晶的水滴，使我看上去满头白发
但脸色鲜润，眼睛清澈
并不像刚刚心里经过一小块悲伤

僧人靠在围栏边，打量来往的行人
他们表情平淡，对路过的物事不以为然
半山腰白云浮动，挂着水滴的松针轻晃
胖孩子蹦跳着，用一只小葫芦收集水滴
鲜艳的姑娘，用手机拍摄悬崖的彼岸花

一整天我都在等待阳光
它在黄昏闪现了几分钟
然后熄灭
我听到山水流淌，慢慢注满寂静的夜晚

蛐蛐在窗外鸣叫，没有火车经过
尘世许多美没有被我梦见
你一言不发，仿佛世上从来就没有我
虔诚朝拜过的峰顶

今天，我请求你随便说些什么
让我觉得一天的光阴
——我的确没有虚度

花椒树

往瓷杯里注入清水
将平淡的生活注入定制的容器
我不在人群谈论你，因你在阳光满溢的

野渡边，花椒树旁，云朵闪着银光
高高覆盖在城市上空
天下着雨，雨滴打在石头时
被山石轻轻弹回，你在遥远的省
你叹息地笑，发脾气依然清澈的眼睛

而我在屋里，洗衣机转动的声音
意识一点点下沉
火车呼啸而过，车窗里恍惚的影子
记忆穿过重山不再为我停留

我有波澜起伏的心，不完整的一生
需要用动荡不定的肉体来完成
我听到的声音，看到的人，经过的事
存在于我们间的沉沉物象

我起身，并不急于追赶曾经的拥有

因悲伤，已将我的灵魂腐朽成

一股轻烟

夜雨昏暗的瞬间

秋雨横扫窗外的小镇
一支银灰的笔，我用它记载一天

曾经的春天，我恋着远方的人
当爱被时光抹淡
他脸上再没有微笑的春风
低沉的嗓音不再是开启世界的钥匙

一辆绿皮火车，驶过我的家园
摇晃的轰鸣使小屋发生奇怪的震荡
再没有心愿需要搭载
那些原本坚持的永远
是一支银灰的笔，在我人生纸上轻轻一划

夜空交织的雨点，使我想起负压苦读的儿子
远在乡村诊所的母亲，想起田野鸽子飞翔
冬天飘起鹅毛大雪

夜雨昏暗的瞬间
我想起春天第一个站台，第一次遇见你
那似笑非笑的责备：
"你怎么穿得这样鲜艳？"

·

143

植树节

博物志有许多关于树木的描写——
女贞枝条细柔。榆树散发辛辣的香
杀死侵略者。悬铃木属阳性速生树种
喜欢阳光和微风。龙血树在热带流汗
碧桃喜光耐旱,害怕冬日小寒流
元宝枫树身姿优美,秋天叶子由黄色转为通红
五叶锦无比妖艳,但常被北方的大风刮倒

植物都有个性,有的坚强,有的脆弱
植树节,我在园里种下一棵缅桂花树
只因它散发出无忧无虑的香甜

我替它整枝松土,和它一样在阳光下眯缝
快乐的眼睛,我甚至幻想
觉得自己和它一样,也流着碧绿的血

四十四病室的日日夜夜

开福寺

湘雅医院斜对开福寺
傍晚寺庙和病室一道变暗
沉没于夕阳中的万丈红尘

入院时我曾虔诚祈拜
能与你平静地渡过每一道沟坎
朝圣者燃起香火，老尼手持木鱼
敲响秋夜的幽蓝
但我只会长跪
只有一个母亲的全部信仰

隐隐寺庙，隐隐尘世
我要牵着你的手，一盏盏点燃
通向未来的万道光明
湘雅路、芙蓉路、五一路、橘子洲
此岸到彼岸都是灯火璀璨

我们静静坐在灯下

寺内每块青砖都雕刻前朝历史
寺外网吧、咖啡屋、洗脚城、快餐店
到处漫延着生活的热气
人间的小悲欢不值不提

我是唯一的朝拜者
想到陪你长大的时光，幸福是一枚糖果
弥足珍贵，无法言说

明天呢，明天以后
我感到浓雾很快占领我的身体
仿佛秋天，很快占领寺中每棵树顶

草木枝柯

新疆医生艾力，在宽大的木桌前
逐条向我解释儿子的术前麻醉风险
粘连、失聪、瘫痪、注射失控
我的脸在春风中慢慢变湿——

十二年了，我从没被告知你要面对
危及生命的风险
小时候怕你迷路，逼你记电话家庭住址
你独自坐公交，我早早在车站那头等着
最严重一次扁桃体炎，喉咙剧痛
我陪你不吃不喝
你痛得厉害，但却忍痛喝下熬好的稀饭

你是教授第一台手术——全身麻醉

要在昏睡中完成手术，手术刀的铁蹄践踏在
我们的身上

"如果家人必须有人离世，我希望是我"
离世的公公曾用这句话安慰我

这个早晨，中午，黄昏，夜晚
我在春风中泪水决堤，我真想告诉你
"亲爱的孩子，如果有危险，我希望是我"

时光无限漫长，你可以相信
我们有足够的光阴，可以像草木枝柯一样
轻轻地摇晃，摇晃……

七点钟

住院楼，蓝光笼罩灯火通明的斗室
七点钟，门诊大楼拥挤着人群的长龙
人们走动，十道门与一道门之间
闪动面容焦灼的陪护和病人
化疗变成光头的中年妇女
眼睛包着厚厚纱布的孩子
人们在疼痛面前，试图保持平衡

我经过诊断室、检查室、PV 室
电梯、楼房、廊道构成我心灵的迷宫
我迷失了自己，在镜子的另一面
麻醉剂、输液瓶、留置针头、CT 扫描
我已厌倦这些生僻的名词

·
147

我只是在签下的手术同意书前流泪
余生，我相信在竭尽全力之后
命运早已安排了我的排队等候

人们一生忙碌，没有谁洞察生命的秘密
没有谁是全能的，不可击败
人们都要一种治疗，在无限的爱中
抱团取暖
——暂时忘却孤独

我有怀旧病

我有怀旧病，向着熙攘的人群眺望
箭一样回退到时光的经纬里

我相信浮沫，一切科学冰冷的词语
不能够成为我的信仰
这个早晨，我置于你贴身口袋的平安符
不仅仅是祝福

手术室外弥漫着焦虑，我在术后
一口气从一楼到十五楼，请相信母亲的勇气
"要不断地说话，以维持清醒意识"

就说起你小时候，襁褓时也不大哭
说前不久一起去靖港古镇
天很热，那里冰糖甜酒和纸折扇多么好
说流离于世俗之外的雪月风花

我有多么不称职，偶尔做了河东狮

我很脆弱，顺从一切变化
紧紧相逼的时间，最终包围我的诉说
今晚之后就风清月明，时光倒退
川流不息的人群带来不同的晨昏

我记得你刚刚出生，皱着脸，貌不出众
但我听到你第一声哭泣
就认定你是天下最好的孩子

四十四病室的日日夜夜

A栋，四十四病室，从十五楼窗口
能看见十四台不停转动的巨型风轮
需要这些巨人的推动
才能维持病室的春天气候

四十三床住着一个喉癌老头
术后食管溃烂、漏食、虚弱
每天他试图用针管从鼻内进食流质汤水
每隔小会儿，极端堵塞呛得他满脸通红
红的绿的黄的流质洒在床上
和我的四十四病室

我已学会忍受，雪片般飞来的催款单
瓶装、袋装、圆形、方形、针剂、药片
护士的笑脸，和每天八点准时查房的
医生询问

只有黄昏，当一切身体的痛苦消减
那个鼻食的人会缓缓走出病室
背着手慢走，不出声
他脸上并没有对生活难以忍受的愤恨

时光果真能慢下来了
我们活着——
生命真的就是一种恬淡

第三辑

长风吹袭

深海植物

那些海底植物，永远都得不到阳光照耀
只有深水鱼、水母和海草，滑溜溜掠过它们
黑暗的心脏。但有时命运会安排一只电鳗
那神奇的光瞬间照亮
一大片海水——

一大片明亮的海水啊
仿佛你经过漫长的
沉闷后，给予我
犹豫的一抱

记忆

只用一分钟，我就打开这些记忆
最小的草叶，最明亮的泉水，最欢喜的心

风轻轻吹向天空
一匹蓝丝绸抖动在，北方旷远的大地

在灵魂与肉体交集的瞬间，我感到
除了你——
我再也没有其他的人生

大峡谷

值得赞美的事物，比如笼罩山谷的云
快要擦到了桦树的尖顶，比如林子里
发出流响的尼洋河，它沿岸盛开油菜花
还有清晨牵着牦牛，走出泥屋的
小姑娘尼玛，她的笑像一弯新月

再如深居的一个村寨，蓝色屋顶倒映
深渊似的湖水和天空

大峡谷里一场雨后一场晴，清凉的风
清新的翠绿，满山流动
那条河流 U 形的转弯，曲折、多情
几乎叫人着魔，野草在山腰飞
雪莲长成了心中的莲花宝座

在大峡谷——
这样的寂静、温柔，令人伤怀
这样的美，这样的爱
叫人害怕，人世会有一场意外的相逢

·

胶州湾大桥

最长的臂膀
也不能纠正我所犯下的过错
一边是黄岛，融尽往昔洒下的泪水
一边是红岛，未来岛屿上做梦的帆船

连绵的——
蓝色海岸线

如今我不能慰藉铁锚拖行的港湾
如今我沉默，如一枚墨绿的礁石
钉进了大海年轻的心脏

第三棵银杏

群山嗡嗡而响，我想起峡谷
迷路的那个傍晚，顺着溪水往东
数到第三棵银杏树时，停下脚步

天空高阔寥邈，闪烁在吉祥天幕的
——是七颗指路的蓝宝石

无望的寂静在生长，漫延到远山
漫延到河谷的边界
漫延到从头顶飞过的金秋

那个秋天傍晚，我在等
一个人的声音穿透我疲倦的身体
我在等，一些温暖的呼唤自山外响起
我在等，命运中有另一种可能
使我区别于那棵沉默的
沉默的植物

南半球的海水

北方又干又冷的冬天，如何能跨越时差
走进南半球，温暖的海风里
我知道奇异的风景，开始于遥远冰山一角
那里水流刚刚响动，春风还停留在南方河岸

黝黑的海边人，沿着金黄的沙滩追赶
却只找到一座鲜花满溢的渔村
山谷横卧如一个出浴的女人
薄雾飘来，大海在山巅亮出噪音

我拍摄到的港口、渔民、椰林和情侣
看到蓝色大巴从渔港起身
驶向命运与命运相遇的丛林

在南半球的梦境里，所有树向着阳光伸展
鲜花展开羽毛，海水散发芬芳
所有街角挂起竹筒、铜铃、银镜和彩衣
寺院闪烁金光，阿玛尼脸上
挂着满满的虔诚

在南半球的海风里，回忆童年那条冰河
如今还在中国最北方，西伯利亚的寒潮
日夜吹奏着冰面，白光照耀冰灯

我从极寒地起身，飞越赤道来到这里
大海正在远处欢腾，两条河流
一条温暖，一条寒冷，歌唱着奔向远方
我感到细碎的光，鲜花的魂，深沉的爱
流淌着美好愿望的春天
正跨过梦境，与我的心灵交汇

潮落潮生

子夜被远处的潮水声唤醒
安卧于海鸥新村一隅
从远及近，心跳的鼓点急骤敲响

异乡是手边的一个词，在友人身边
这另外的省
海水把所有的语言冲刷到了岸边

白天曾去渤海湾，沿着沙滩行走
一路捡拾被海水冲刷来的小蟹

我记得无花果香甜，扇贝体内蕴含沙粒
我记得从小长大的村子，大火连续烧了四天
我记得友人絮叨，一杯烧酒喝出了眼泪

沿着漫长海岸线走了很久
海水通透深蓝，融化掉了所有的天空
我在一步步向你靠近

秋风把榄树吹成深红，轮船将在黎明出航

夜很深，来得及用长篙打落星星
是的，一切都来得及
甚至相逢，金色的光——

我很是想念你

捉小蟹

找渔民讨要一条小鱼
海岸边寻找到一根丢失的细绳
沿海的礁石里有细小的洞穴

我，阿华正在海边垂钓小蟹

海水很平静，洞穴里发出啪啪的声响
小蟹四处逃窜
它们面对生与死的选择
对于我们，这仅仅是一次快乐的游戏

是大海分配一些小蟹的命运
又是什么分配我们的——
海浪并不言语，但谢天谢地
阿华暂时忘记她生命中经过的
那个黑洞

我没能抚摸蓝色海水

第一次到连接海湾的胶州湾大桥
第一次目及红岛、青岛、黄岛，深情的礁石
和淡蓝的海岸线

第一次去石头村，抱住善良的妈妈
我哭过，命运有千种可能
我没有抱住你脆弱的双肩
没有挨近你，没有握紧你的双手
没有拥抱——将嘴唇贴近你染霜的发鬓

第一次抚摸灰暗的石头，硕大的石榴
房间里的气息来自你，由来已久的慵懒
但我爱——

仿佛千道冰山封锁了我的泪水
仿佛只是手与额头吹吹了风

仿佛忍住流水
玉米累累，堆积在四合院
我只偏爱这朴素的乡村

我只爱村里我不能相认的亲人

往南依次是红岛，青岛和黄岛
往东是渤海、黄海和太平洋……
一路来我感觉到了什么
但我没有触碰到你——

你的家乡，田园，大海
一路盛满蓝色的爱

荡漾

水龙头锁住的水流
弄堂里关闭的水管
地下取水口斜挂的大锁

昨晚被暴雨取走的一枚红月亮
都不是我所渴望
我要继续没心没肺地开放

六月的荷塘，潇湘的荷塘
没有一列火车
将伤感的气息运至更远
风在用沉默取代狂热
东一朵，西一朵的浪花
这水中席卷，这满地蔚蓝
深爱后面
我要树起一面翠绿的旗帜

岱山岛

我想买一个蓝色水杯
装上微型的大海。我想走遍岱山大街小巷
看看海岛的人，如何度过他们的黄昏

空气中有一种咸腥的味道，来自东海
我确认自己到达了远离大陆的海岛
如果再往前走，经银杏路、文明路、临海路
一座青山忽然阻挡我的行走

山那边传来海的呼唤，雾气升腾在山峰
如果越过山峰，我就能触摸到
大海如水的肌肤，山脚一座银蓝的教堂
关于海的信仰，渔民是否都会在此收藏

我能看到美人鱼，救回失魂落魄的渔夫吗？
他黑色的皮肤是大海的宝藏

感受落日的惊鸿 ·瞥
在岱山岛——我有一个小小的蓝色水杯
装着蔚蓝的大海
在台风延长的海岸线上漂荡

·

灯塔博物馆

博物馆陈列的灯塔使我心变得柔软
旧时光已将灯罩镜擦拭模糊

隐约有音乐在楼上传说，一个昏蒙夜晚
隔岸听见潮声，但有灯塔在侧
将过去一一经过
法罗斯灯塔消逝于苍茫的时空
希罗和利安德的爱情再不能在海水中复活
熄灭的灯盏，不能重新被爱点燃

流离的现代居所，你想被哪一座灯塔照亮
一个人海上会是怎样？如果黑暗笼罩
失事的船只在海底呜咽
如果漆黑的海水，蓄满寂静的心田
有没有哪一盏灯愿意将你照亮

昏蒙的，这里是昏蒙的城堡
是灯塔博物馆，航海史变得简单
因为灯光使旅途变得坦荡
又或者是今夜，听着此时彼伏的海浪
星光流转海面，你又愿意被其中的
哪一盏灯照亮？

·

冬季你要去看海

我喜欢你在海边安静看海的样子
蓝花楹树在身边散发淡紫的光芒

一对穿婚纱的情侣
烈日下笑容怒放

我喜欢海豚在深蓝的海里游动
海边白色长椅在阳光下慢慢发烫
你走进椰子树的小屋，不再想起写字楼
键盘嗒嗒的叩击
卖果汁的男孩靠着橱窗，和你一样散漫

我喜欢你离开人群，和海相遇的样子
眼睛变成淡蓝色——
理想和现实都抛在离海很远的地方
偶尔落下几滴小雨，那细小的雨点
因为往昔的怀念，使大海上涨
——慢慢溢出了你的眼眶

海鸟，夕暮的爱情签名

我须坐在云上，才能铺开
这一幅蓝色起皱的画纸

众船之上升起了五彩云帆
我们以船作笔，海水为色
这海中洲——为我们宽展的画台

调色板置于万吨巨轮之上
云霞翻转，调成丹青水粉
浮云白，落日红，春水绿……
冰晶蓝、湖水蓝用海水与柔情搅拌

粗描千只桅杆树起的苍莽丛林
细绘渔港少女少男的串串笑声
浓彩着色于三角梅、椰子树、橄榄枝
浅笔勾勒一座仙雾浮荡的蓬莱岛
安宁、祥和，梦一样升腾的橙光

等一只只白鸥，翩跹着签上夕暮的图章
就卷起这幅巨画，卷起无限幻想
只留下深沉的爱
将远处的航标灯，一盏盏点亮……

·

168

长风吹袭

长风吹袭，东海涌起漩流
一只海鸥在浪尖，演奏激烈的交响

我在做那扣人心弦的梦
十万吨轮船驶进你的眼睛
铁锈声里三声长鸣——
一声挥别远去的黄金海岸线
一声将第一缕曙光照耀千岛之乡
一声绵绵映照明月的未来

往事在我身体上堆砌千重浪花
长风吹袭，灯火明灭的舟山群岛
天边一丝漩流
有火蛇的曲线，有鳞甲、羽翅、火光
燃起岛上流动的惊雷

摇曳爱欲的海边，成排椰子树
长出巨大的心，蜜的海水在涨潮
淹没我
于沉沉时间的开端

·

于沉沉时间的开端——
我栖身于一只洁白的贝壳体内
质地坚硬，心思绵软
你呼唤我一声，我就分海水为路
化身渔船上温柔多情的珍珠姑娘

海滩，爱中之爱

那日你问我，若你皈依海岛，我如何？
我答：我要做了你贴身的小情尼

那日，我闻到海水中三斗菠萝菠萝蜜
纯熟香甜——
深渊的海水升起这两个人的岛屿

我向往了那座海岛——
蓝翠鸟被命运之声呼唤到海滩
以阿波罗之名为我指点江山

太阳深紫，一片羽毛向东向南
它要长出春天的耳朵嗓音
海滩上满是沈公笔下的虎耳草
梦想的浮沫和柔情的碎金
随一尾鲸，环岛游动，水流云移
这庞大之物，也要吐出温柔爱语

信任你托着我灵魂飞
庭前院后，荆棘开出玫瑰

·

棕榈树起屋顶

海上飞鱼前来做客

潮水卷来浮木，一切停顿在此刻

唤我亲爱的或甜心、宝贝

多少海水灌满我的笔尖

一行行书写，一行行抹去……

在星空一闪的海滩

我确信在远处的天际

孤独的美人鱼在放声歌唱

献给船长的信笺

清晨，螺旋桨犁动着深蓝的田野
犁镐拖动白色箭镞，海鸥于沃土间播种
羽毛和鱼

亲爱的船长，汽笛声如你的脚步
朝霞绽放，火光四射
有"叮当、叮当"声敲击大海
铁锚缆绳一刻不停，拖动宏大叙事
把咸腥气味装满船帆

描绘海之梦，在最高礁石之上
伸展自己到无尽海边
海风中鲜亮的海葵在跳舞
海豚一闪一闪露出弧形的脊背
飞鱼箭一样穿梭到船前

船舶在丝绸的光里漂荡
浪花盛开一朵就熄灭一朵
唯有泡沫之海在钢铁上流泻
光亮汇聚成明丽的花冠

·

亲爱的船长，这里沸腾的蓝色深渊
在停泊、出发、冒险和归来
这里的海水、海风、海浪和
那艘海天之下的沉船
创造了古老、年轻的时间

南迦巴瓦峰

雪峰山下直白村，曾是藏区的养马地
我遇到藏族小伙才旺，黝黑健壮，灰尘扑扑
摩托车上驮着很重的行李

这汉子两个月来一直在滇藏线行走
渴饮溪水、饿吃锅盔，为了
向沿途旅客募集村里孩子的学费

欢笑的村民正围着他
听他讲冒险经历，我瞅着他藏袍的白垢
磨破的靴子，和一双筋骨毕露的手

说实话，他有一口洁白整齐的好牙齿
一笑起来，很像云彩刚刚散去的
南迦巴瓦峰

完美

只有在高原，这个世界才是完美的
拉木措是一只仰望的眼睛，等着
一声鸟叫穿透，雅鲁藏布江的灵魂

只有在高原，这个世界才是完美的
藏北的荒凉与芳草，对应着
念青唐古拉山上——
美与恶的神灵

林涛

已经多年了，我从不否认对你的欲望
甚至今晚，在高原
我摸到过的空寂
像林涛，带来一阵又一阵的汹涌

我在暗处独自感受尘世的你
一条探头的巨蟒，缠绕着我的肩臂

感到你身体的温情，遥远的爱欲
无法言说，不可止息
它轻缓带来的震动
夜晚又蓝又大，我要你相信
我还来不及老，可以像树一样的呼吸

经过

那年抓喜秀龙，尼玛镇长边喝啤酒
边唱花儿。这是夏牧场转场一季
他的工作是等待牧民回来，像野草等待
羊群收割。疯开的格桑花
——等来路过的姑娘和我

多年后，我在文字里复现这些记忆
复现小镇上一座古老的禅院，但禅师
早已离开人世，寺院喇嘛并未准备
我们朝拜的酥油灯和莲花盏

他在专心修庙，屋前种菜，屋后围草
宗喀巴的泥塑上落满薄灰
姑娘和我叩长头，一旁站立的未来佛
微笑着，因为修习而额头微微隆突

尼玛镇长并没察觉我俩会心藏铁器
刀尖涂了丁点儿的蜜，那么我们也不会说出
有那么一瞬，尘世的心确实风吹草动

只有时光流逝，将一些人分隔各地
人间恩怨不再提及，我常梦见姑娘在草原
但只有一次梦见宗喀巴
他合十双手说：

"佛修习的——也只是经过"

（注：宗喀巴为西藏喇嘛黄教教派的创始人）

麋鹿

明天会有麋鹿降落在这座无人的
孤岛，月光普照
海面会高出梅里雪山最高的峰巅

明天我们一起去寻找造山运动丢失的
海星、海螺，和风化在洱海贝壳里的
一个伤口
一个伤口
装满了我的爱和痛苦

明天潮汐退回大海深处
在风平息流年最后的荡漾之前
神啦，我请求你
交出他温暖的肉体

沿途

我写下了沿途稀疏的树林
一棵酸枣树在沙碱地里弯曲的倒影

我写下单薄的村庄，普洱茶养活的山民
我写下了轰隆的火车
穿过这个散乱、深秋的村寨
寨子里的吊脚楼、木板房，简陋的晚餐
大海碗里盛着清贫的苞谷
和咸菜

傍晚，我还写下一个傈僳族女孩
她背着重重的柴火下山
泥屋油灯微弱，她眯着眼看书
我郑重地写下了我的祝福
祝福大地上的黑暗，比昨天更晚来临

梅里神山

说起雪山下流动的清亮泉水
泉水酿造的青稞酒
明月的酒杯镶嵌着绿松石
酒杯里盛满浅黄的琥珀

说起朝拜的信徒身着绿色的风暴
山巅经幡飞动
大风散步在山鹰的枝巢
蜜蜂在鲜花中修建它们的宇宙
雪莲从光滑的皮肤里萌生

说起神山的一种完成
仿佛永恒降落在世界尽头
造山运动刚刚结束
青草和杜鹃
刚刚在雪山之巅吹起史前的海螺

夏至

有多么静，风终于翻开大江大河的书页
我起身，为了在房间找到一种爱你的方式

我呼唤过一匹马，请他踏雪回到
布朗山的旧居
我呼唤过一条铁轨，让他迷路
但能找到基诺山的村寨

我呼唤过记忆，但往昔都镶嵌到
对面的镜子里，我想找到回家的路
在一无所知的房间，月光退回到星河
门里充满永恒的水声

直到这一年，夏至很快到来
我在孤寂中度过了又一天的黎明

布朗山的荆棘

从坚硬的岩石夹缝长出
他们指引我穿过白云来到这里
当我看到布朗山
路上的芭茅，瞬间占领我的全身

古老的佤族神在山坡弹奏祭歌
香花开白山坡
我们撒下草籽，让它们进入泥土
在岩石上发芽生根

我被歌声带进一棵荆棘的身体
我长出的根茎不够粗壮
结出的草籽不够甜美
旧朋新友是野鼠、蜻蜓、蚱蜢
和展翅的云雀
我的出生地，在一条荒芜的山道上
四周青岩突兀

我是随风散布种子的信使
为山里微小的生物代言

我重复布朗山，朝生暮死的命运

我被带进布朗山一棵荆棘的体内
感知生命的繁茂衰落
在火星降临的，布朗山顶

澜沧江的气息

我听到澜沧江传来的涛声撞击我的耳膜
我摸到你脸上密集昭通丛林坚硬的杂木
我感知你性格中隐藏一条桀骜的河流
我看到你灵魂的岩石，在滚滚的江上沉落

你身上弥漫着澜沧江的气息
仿佛青岩穿透梦的长篙，来自溪水的光
果树的光，野花的光，将你遍体照耀

你的德昂兄弟祭祀江水，腰篓绘满孔雀
你的纳西姊妹冲泡普洱，手腕戴有祖传银镯
当你轻声说起江水，将你的肉体洗濯
当你遥望族落，古歌《达西达愣格莱标》就在唱响

小伙清亮的歌声在木楼回响
姑娘黝黑的眼里有惹人的桃花
你的浆果深红，黑橡的根须伸进老汉强壮的臂膀

你身上弥漫着澜沧江的气息
你有青铜、铁的力量，在空气中震颤

你有石头的家族，大树的部落，溪水的城邦
昆虫的城市
以及色彩、线条和声音的王国

今夜，星空低垂，江涌地阔
当你轻声说起澜沧江
鸟雀息声，细水在攀枝花树上流动
而澜沧江和天地万物一起
陷入沸腾的睡眠

·

抓喜秀龙小镇

牦牛和羊群已赶往遥远的夏季牧场
我亲近，孤独的抓喜秀龙镇
时光嘀嗒缓慢，帐篷年迈的阿玛尼
静僻的街镇居民，禅院十世活佛
时断时续的诵经声……
小镇独自守着漫长光阴

万物的静美都融化于此——
近处青稞碧绿，迟了春天的油菜花
暗自藏着烂漫的甜蜜
远处葱郁的草甸，野花与青草的天堂
连绵着马牙雪山

年轻的卓玛引我们穿过牧场围刺
坐在草地的小白花里，俯看小镇
空荡！静寂！散落零星牛羊
白云，蓝天，啁啾麻雀
一只击破长空的鹰
划过一条绝美的弧线

风一再吹来西部大地咚咚心跳声
一种不被察觉的流逝
沿着溪水和苍茫的远山逼近
你看，细小的时光之手
快要触到消失的天堂穹顶

而远处，更远处的山尽头——
暮色苍茫如灰

马牙雪线下的小蓝花

我知道我会哭它们，我越靠近蓝
它们越用宁静拂照我的忧伤

再大的风也带不走它们
再烈的阳光也枯萎不了，一颗玲珑的心
到处都是绿，无边的绿映照皑皑
雪峰。无边的绿簇拥一大片
细小的蓝

牧牛人也不知道它们的名字
路过的僧侣不曾关心过这无名的生长
"所有无名的花都叫格桑
预言幸福，圆满和爱！"

我从草甸上起身时
开始变成其中的一朵
摇曳。开花。微微蓝着！

扎西尼玛大哥

记得天堂寺的青稞酒吗？扎西尼玛大哥
记得七月天祝，望着你微笑的卓玛吗？
记得路途的小麦、马鞭草和白云一样的牦牛吗？

喝着酸甜的牛奶，吃过多汁的牛肉
听到豪放的祝酒歌，系上洁白的哈达
我就成了雪山萦绕的云朵

黑红脸儿的藏族大哥，记得抓喜秀龙镇
你指着起伏的山峦大声说
"你看，这就是我们的家园！"
草原上大海一样涌动着野花
远处马牙雪山紧紧搂住青草
油菜花一垄垄铺开在夏天
青稞粒粒饱满，因阳光的呵护
要结成兄妹的良缘

扎西尼玛大哥，我找不出词形容这片绿野
它是心上的梦境，拨开是甜美
草原上，你唱着花儿——
唱得苜蓿昏迷，泉水沸腾
唱得酒一样的心花，开遍山冈！

·

酥油灯点亮的夜晚

他们带来星宿，在天堂寺的金顶上闪烁
他们带来梦境的酥油灯
一盏盏点燃溪水萦绕的夜晚
他们带来草绿的神，围着经幡慢慢
飞着——飞

他们为我带来糌粑、青稞酒和
前世的幻影。带来甘肃的油菜花
青海的蜂蜜
长途跋涉的我尝到甘甜
情不自禁流下了泪水……

他们还带来清风，吹过山谷的夜晚
吹来静寂和清香，从西向南
吹到了我的湘北小镇

他们带来经轮，转出平静如水的命运
聚散依依的无常
滚滚而逝的相遇

牧歌的早晨

牙克石的夜露，免渡河的晨光
打开帐篷我走进牧歌飞扬的草原
像一株三月的红缨草
像红缨草一样舒展小小的身子
像红缨草一样抖抖身上的星星
像红缨草一样呼吸最早的甜润

走进草原到处都有白云一样涌动的羊群
走进草原我遇上闪电一样的马匹
九颗露珠串起头羊项上的银铃
九缕清风梳理枣红马脖上的鬃毛

九颗马粪煮好喷香的羊奶茶
亮起嗓子我去叫黑红脸儿的牧马人
九个春天昨晚到达我的帐篷
九首花儿我用来歌唱——
映在他额头上，水乳交融的
涛声

野花的村庄

骤雨初歇，晨风抖落一点虚无
赶马车的人手指湿漉漉的远方：
"快看啦，野花的村庄！"

蘑菇的蒙古包在泥泞中初长
我的枣红马儿在雨地打着响鼻，它欢快飞跑
青稞葱绿，不知名的野花开遍山坡
马奶子酒的香味传向远方

这野花的村庄！我们的村庄！
东一丛青草，西一朵格桑
左一束仁青，右一枝雪莲

淡黑的云朵经过嫩绿的山坡
阿拉善的长调隐约吹响
轻雷滚滚，雨水落满的村庄！
闪电落满的村庄！
我听到爱和一万只酒杯
在野花之盏上碰响

·

春睡

昨晚我梦见兔渡河的九道泉水
流进了我的身体
带来格桑花的粉
带来野兰花的紫
带来绞股蓝清甜、清甜的白

却没有带来我想念的人
只有漫山遍野的小火苗跟着我
让我由浅变绿
一夜铺遍了我的大草原

神的幻觉

今夜我归于雪峰山下
众山中最娟秀的那座
没有一座山峰能写到穷尽
她们延长到，绵绵不绝的地平线上

雪峰是少女隆起的乳房
漫山遍野布满了洁白贞静
没有人到达，没有人进入
山脚绿意葱茏，山腰野花开遍
山顶云飞雾绕

只有一轮落日，挨着一弯新月
轮流孤悬在——栖凤山
我南方的峰巅

龙凤湖

湖边一个温暖的白昼

鸿鹄点燃雪眼，自水中拍翅远去
龙凤相随而舞，将随我去往哪一个
细腻绵绵的风口

湖上一道光，蓝丝绸一样流淌
让我变得明亮，年轻

左边雪峰泠泠，右侧秦岭隐隐
风犁动湖水，当夕阳西下
一片风暴满载着银色的花冠
驶向我——风平浪静的命运

白鹭山庄

我们多有不同，周末你爱登高
而我常去白鹭山庄听流水

你爱高处的飞蓬，我只爱四周寂阔
等木芙蓉盛开——开进尘埃

你爱一壶米酒
消停在半明半暗的农家，而我爱紫花决明
庭院柑橘，门前丹桂，冬至烟火
它们汇成了生活的汪洋

我虚度时光，像野花向沿途山谷占领
像大风漫游
——在白鹭齐舞的山谷

我们渐成两极，我偏爱细小的温暖
而你更爱虚无的自由

夜之神公寨

米酒清甜，喝到半醉
忽见你斩钉截铁，手持大师的盲杖
想要的莫非是截断流水，在此引发山洪

我有丝缕念想如蚕茧自心里抽出
抽刀断水
窗外一轮满月映入湖中，恰如我心引发
一湖春风的荡漾

月光打在高冈，打在树影，打在山谷
打在我这里一弯小小的木渡船

记忆漂浮，那又清又亮的
该是星星落水的叮咚声
该是松涛，偶尔惊扰心间

该是一个夜晚，真有一次温暖的拥抱
真有天使的歌声，布满——
神公寨的天空

北纬七十二度的心动

沉默的大固其固

尾随你，我进入的
乃是五月的大固其固
封锁住你说话的喉咙，再封锁住你的心
大朵的紫荆花啊，我只允许你开放在
我的身侧

因为灵魂的奥秘，我从来不曾将人生散漫的
长街，一望到底
如果一切不曾发生，没有隔夜记忆
迎面浇来冰凉的雨水。如果我泰然穿过
你那灼热的岛屿，获得火山濒临爆发前
片刻的喘息

我不曾向谁祈祷重逢，如果一切不曾发生
午夜致命的寂静，就不会把我一个人
孤单地
抛弃

（注：大固其固，鄂伦春语，爱情出生的地方）

奇妙的时间

夏天一些奇妙的时间，紫竹葵开过头顶
长白山融化最后的冰雪，森林散发辛辣
黄雀在泉边歌唱流水

不知名的野花盛开
白桦变黄、都柿转红
山脚嫩红的树长出令人心动的季节

我曾去过大寒葱顶的山腰
我喜欢的是这一片平静的山谷
所有愿望都能在轻风里开放

这一年人们在扎兰芬围修建围场
鹿苑驯养了一群黑色的眼睛
这一年安静美好，天气暖和，人心知足
满族风情园种满晨曦和星光
这一年，猎鼓唤醒鹿垸，夕阳映照雪峰
都化作尘世递来的——
绵绵不绝的美

扎兰芬围

我大妹妹叫殊兰（冰雪聪明）
二妹妹叫耶布淳格（美丽）
三妹妹叫乌布里（小草）
我弟弟叫锡格力（小鼠）
我哥哥叫塔斯哈（老虎）

在长白山，每个满人都拥有一条鱼
一只飞鸟，梅花鹿，或黑熊的灵魂

山神白那查蹲在白桦树上
看守这一切

我曾梦见在松花湖里游动
初夏的湖水刺凌凌地划过我的鳞片
夕阳弯下身子，给我清澈的一吻
旗左大寒葱顶，从我柔软的胸口穿过
旗右一辆绿皮火车，从冰天雪地出发
满载圆木驶向春风吹遍的松嫩平原

我曾遇见青年的你去围场狩猎
而我在木刻楞里守候
群马从北极带来蓝色的风暴
成片都柿林，簇拥黑木耳
在时光中生长、变薄，直到最后消失

我曾梦见河水变幻，梦见山神白那查
令我身体变得饱满、湿润、丰硕
令我恋爱、生殖、劳作，又变得衰老

我曾梦见过死，仿佛一尾鱼跃入更深处
只剩下湖面遍散的金子
河水不动声色带走过叶赫拉那
也将带走我，和我的草木深情
这是满旗女人，打小就明白的道理

（注：殊兰、耶布淳格、乌布里、锡格力、塔斯哈为
满语发音）

鹿骨项链

天很蓝，如雪洗过的宁静

长白山上，驯鹿在雪地留下脚迹
在山岭雪谷，越来越多的鄂伦春人离开
只有我还在守在火塘边
鹿骨项链敲打着我——处女的身体

昨晚山神白那查数了一晚上的雨点
林中达紫花很快凋谢
喝着桦树汁，我看到山鹰从右岸飞到左岸
看到一面湖水的镜子映出山川、树木、白云
和一个冷峻的伐木工人

我将老死山中，灵魂被山神看守
只有黑熊会在夜晚猛敲窗户
只有清澈的松花江水，一遍遍淌过我
戴鹿骨项链，处女的身体

大马哈鱼

夏日长春，天空蓝于任何一个年代
冰雪已经过去，沿着鄂伦春大街
排排青杨，孤独站立在远处的青空

想起冬季烧暖炉的日子，用碎屑把煤炉点着
等烟消失在小巷深处，会有一股暖意升腾在
早间教室。我喜欢隔壁不说话的男孩
他有一双细长的眼睛，和炉火烤热的心

我追逐他的目光，一直漫延到五月的吉林
松花江渐渐解冻，有时我会跑到河边
大喊他的名字，大马哈鱼顺着冰水到达岸边
河水急着献出些什么
那些年——

·

除了爱，所有的事物都能在河边
发出清晰的——
回声

江上幻觉

是谁江边坐了很久
想你忧伤的脸在夜火中明灭，我忽然感到难过

少女时，曾有大马哈鱼经过松花江
那个夜晚我们一起追逐鱼群
江上火盆，红色羽绒服，你微微一笑
都退回到时空隧道的深处
千禧年后，鱼群再也没回到冰冻的渔网
我保存的也仅是江上的幻觉

影子似的跟随你
十里渔庄、平原麦浪
河边小镇是名山镇，我百度过江水流淌的平原
卖鱼大嫂瞅着我们满心欢喜

光阴似短暂的流年，那日你在小镇
回头叫了我一声："亲爱的"
想起大马哈鱼，远远的我
脸微微一红

松花湖上的祈祷

我害怕，萨满
怕爱强烈到要去吻沉默的松花湖
我感到远方没有遮蔽
就像鹿笛——空荡荡地响彻在往昔

·

骑马而过的男人，约我走过一趟溪水
时间在云层穿梭，我对他的念想
有如一片湖波，泛起苦涩的泡沫
在白云、蓝天、群山之间
松花湖啊，你不要和我一样听不进劝告

水里的船和岸上的风一样透明
猎鹿归来的人，送给我一只温柔的鹿
萨满说，那亏欠我的男人
我要用一只毒箭射穿它的毛皮
才能结束贯穿一世的痛苦

那鹿走到我的身边，潮湿的眼睛
像莫德里（海）般透明、安详
我遇到他，是尘土遇见奇异的蓝花

我放走野鹿
圣洁的爱情无法挽留
就像圣洁的松花湖水
夜夜从我的木刻楞外流淌过了一回

渔汛

鱼群迁徙，从木刻楞走出的人
带着干粮，火盆，渔具，和一个蓝灰的夜晚

一个矿石般蓝灰的夜晚
铺开在茫茫雪道

我们彻夜守在江边，火盆亮着

·

205

大马哈鱼小心翼翼爬上堤岸

鱼鳞闪烁着冬天的清冷

那是大江最后一次渔汛

岸边站满袖手旁观的人

传递渔汛的老人，喊出沙哑的嗓音

伐木工走掉了，只有守河人守住沧海

河水拍打游鱼，带走一片零碎的雪国

鱼群拒绝人们，很像那天傍晚

我们面对面说话，谈论收成，爱，诗歌……

但你冷静拒绝了我心里的永远

雾凇

下雪的早晨，松嫩平原一片晶莹

你去看雾凇，因为拍摄到奇异的冰花

开始被一个南方姑娘深深惦记

那是漫长的冬天，你飞去了海岛

每天悠闲看着陌生的渔船，沙滩一遍遍过滤

那种情感，仿佛不是爱——

夏天你经过她的小城

因为客套，她倔强地往你碗里舀新鲜鱼汤

南方喜辣，离别晚餐呛得你泪流满面

在温婉的海边，你忽然想到你原本嗜辣

那天离别，使你流泪的并不是鱼汤

而是路过人生时，那种突如其来的

悲伤

银碗里撒满月光
——红其拉甫哨卡记略

（红其拉甫：南疆，位于帕米尔高原上的塔什库尔干县。是中国与巴基斯坦边界的通商口岸，海拔高度 5000 米，高寒缺氧，哨卡士兵常年驻守。）

雪峰山下

这里刚刚制造出清冽、寒冷的空气
这里时晴时雨，野草铺开，化成无边大海
这里闪烁斗大的星辰，排成一只明亮银勺

这里有冰雪达坂，丝绸之路，塔吉克姑娘
和水银一样的月光——照着的
荒凉石头城

这里耸立着雪峰，以及从雪峰延展开的
蓝色湖泊
这里有红白界碑石，在中巴边境线上的
哨所、军人、神圣而威严的国门

这里心与火的摩擦，为了完成五千米之上
——深而柔情的守卫

银碗里洒满月光

凌晨两点，严重的高原反应袭击着
我们这些南方的来客
剧烈头痛、嘴唇发紫、呼吸困难，大口吸氧
也不能让我们吐出心脏的铁块

司机焦急地把车开到宿舍门口
孟连长说："下山吧，怕出人命！"
五千米高的前哨卡啊！趁此刻
月光像一床温柔的毛毯

月光像一床温柔的毛毯
覆盖着白雪皑皑的峰顶
一条雪路伸进峡谷的身体
南疆，变成一只闪闪发光的银碗

从哨卡到营部，260公里颠簸
车上的人昏昏欲睡，走到慕士达戈峰
神山忽然轻抖肩头
飘花大雪，悠悠扬扬，从天而降

真美！如果不是在越野车
如果不是致命的高原反应
我就要触到银碗里——
纷纷扬扬落下的月光

国界线

"红漆国徽　中国　7（1）　1986"
我看到了红白相间的中巴界碑石——
以及重重冰雪修筑的
帕米尔高原

两国哨卡，隔得并不遥远
不等于珠穆朗玛与富士山的相望
而是邻居与邻居的笑脸相迎

巴基斯坦哨兵有一张微笑的脸
除了语言、肤色，我看不出两国士兵
有何不同
都有阳光晒黑的脸，白雪洗净的漆黑眼睛
善意的笑、和气的握手礼
深深拥抱

我有幸目睹两支队伍同时巡逻
分列在国界线两边的士兵，同样脚步
同样齐整，手摆动的弧度都是一样的
甚至肩膀上斜背的长枪

我疑心春风一吹，那安静的枪口会发芽
冒出一枝——嫩绿明亮的枝条

蓝镜子

喀拉库勒湖，一面镜子就装下所有的蓝

·

蓝天、蓝湖，晶莹的雪峰倒影

和远处塔什库尔干——翠绿的草甸

翻过慕士塔戈峰

这面蓝镜子，反射着五星红旗上的星光

风把鸟啼、马嘶吹向远处

无垠的大草原

牦牛悠闲啃食苜蓿，长辫子挤奶女人

热情地为过路客煮奶茶

茶香绕过石头房子，直扑亲人帐篷

牧笛被流鼻涕的扎西吹响

七岁的小男孩，爱好军装和卡车

四野苍茫，雪山晶亮

斗大的星辰，每天都比南方晚四小时降临

风很大，从最高山口一路吹了过来

当它吹到守护国门的战士身边时

不由得轻轻打了个唿哨

红其拉甫的朋友们

台阶式盘旋，绕过雪山

军用吉普最先将我们运抵营部

映入眼帘的是灰色墙壁，在明净天空下

显得神圣而又庄严

营部第一个认识的朋友叫孙超，河北人

他在三千米高原，创造出奇异

喂鸡、养猪，温室培育绿油油的蔬菜
握住他长茧的手，看到他憨厚的一笑

最新鲜的鸡蛋蔬菜，供应前哨卡
——几百公里渺无人烟之地
唯有收养的黄狗，见我们猛烈摇尾
腼腆的李扬说："我们生活在冰库里
解冻封锁的水，每天只有一小盆供应"

告别晚会上，女兵张小渡跳起水兵舞
她从绿色水桶里奇迹般变出
一大棒鲜艳的玫瑰，这些花儿来自温室
来自周围洋溢着笑容的脸

想起红其拉甫的朋友们，电话里嗡嗡响着的
是雪山、白云、蓝湖
亲爱的哨兵，和人间最美那些词：
忠诚、勇敢和热爱……

塔什库尔干银库

守护银库的人在雪峰之上
一路来，昆仑公路的沙石敲打车底
茫茫戈壁，山谷河流变幻色彩

从海拔线以下出发，走的是攀云梯
渐渐没入极寒的荒漠
这是两千公里的膜拜
五千米的仰望

211

我们离太阳越来越近——
伸出手触到的却不是温暖
是凛冽的冷，穿透骨头的声音

方圆百里没有人烟，找到唯一的小镇
牧民热情招手，仿佛为雪山留住暖意
往红其拉甫哨卡行驶——
一片片白云偶然擦过我的额头

缺氧，血压升至 120/170
脸色紫红，呼吸变粗，头痛像缠绕的巨蟒
我有被雪刺瞎的眼睛，狂跳的心
有不能掌控的身体，在颠簸中叫喊救命

哨卡发电机日夜工作，为了制造氧气
为了远方人——变浓稀薄的空气
军医说："不想高原，想美好的事情吧"

远处绿莹莹草地，格桑花占领姑娘的心房
神圣的冰山之父正俯下身来
亲吻雪原初生的爱情

第四辑

比爱更爱

我想发明一个比爱更爱的词语

一

我所有的记忆都通向你——
亲爱的百合，今天你那里有零度的雪
今天你抖擞咳嗽的身体
窗户不安地拍打着翅膀，有一扇门
通向远方的书页

碟片哑哑转动，万籁俱静
只有你的香气中蕴含着一声花语
那低语真轻，就像落叶一样扫过我的
胸口。我一次次为你飘扬到空中
——这样是为了更好地坠落

亲爱的百合，我没有爱过
我干净，清澈
像一滴年轻的水，我还没有哭过……

二

街道变明亮了

因为你
因为你分开了脚下的海水
海水的深渊

在我们之间面临的
并不是一张洁净的白纸

隔着尼加拉瓜瀑布的巨大落差
隔着太平洋与印度洋的遥远距离
隔着马里亚纳海沟最深的怀疑

但今天，今晚有多么美好啊
你只要一说话，我就忍不住对你无比喜欢

三

我感到了一切——
感到清水正缓缓注入春天
感到高飞羽毛上一缕最轻的风
我感到你脸上的微笑
在我背后无边地蔓延

感到气息，微甜的你的呼吸
吹拂到我年轻、洁净的脖颈

我感到山在倾斜
水波潋滟
我感到了你啊，整条江的荡漾
哦，不，那只是我的心在轻轻晃动

·

215

四

我梦见和你一同站立在大船上
你用笑意盈盈的眼睛望着我
当我把一小桶海葵放生到海水里
它们有的干枯，有的一遇到海水
就开始绽放

我梦见鱼在破碎的玻璃中游泳——很痛
但天把所有蓝色倒进风里——这很温柔
我梦见飞翔，但不知怎样扇动翅膀
才能一步就跨过海浪

我梦见海水把天空洗得晶莹
但一架失联飞机，把它划出很深的伤痕
我梦见台风、海啸，吞吐着弯曲的航线
我梦见地震、火灾、谎言、死亡
和尘世那些大雪一样冰冷的心

但幸好有你，你说话，你生气，你微笑
你在我所触及的世界边缘——
将所有东西都变成湛蓝

五

距离收到你的第一张明信片
又过去了几年，我在那张水蓝色的纸上
写到白云，减肥茶，却只字不提对你的想念

·

包裹会在很久后到达，有的已丢失地址
有的遗失寄信人
有多少夜晚醒着，数着星星，念想的都是你

信笺时代早成过去
我愿在古老的灯下，慢慢写下这一行字
"你若安好，便是晴天……"

亲爱的，亲爱——
我触摸到了那个比爱更爱的词语

六

我给你看春草细软，微风河柳
沅水早晨的阳光
我给你看小街、胡同、樱花树
天桥悬挂的彩虹，我指给你看匆匆的路人
和手写本上令我魂不守舍的诗语

我还给你看了——
我全部的悲伤

当我变得脆弱，不敢走出空荡的房子
当我颤抖着，摸到一些柔软的往事
当我低声倾诉，因为紧张眼里满是泪水

你静静听我说话，即使在远方
我也能读到你心里柔软的波浪
多么好啊

·

你闻起来就像干草和旧书的味道
你闻起来真像——
我亲爱的父亲

七

温暖是你给的
这天傍晚当我在云海遨游
穿堂风吹过来，真冷啊
我梦见蓝色的爱，使我肩臂长出洁白翅膀

雾还没有散开，但春天的树林
开满粉红的樱花
雾还没有散开，一滴露水把我浸入生活
潮湿的寒冷里

温暖是你给的
就像每一天
我对你说话，你静静聆听
就像某一天，我感到难过
你只是把手轻轻按在我的肩头
就像这一天，你随手脱下衣服裹住了
睡梦中的我……

八

我想在中影蓝色港湾和你一起看阿凡达
我想在北大教室听一堂干净的文学课
我想做一顿可口的晚饭等你回家
我想看窗外两棵银杏树，风把它们的叶子

吹成金黄

我有好多好多的梦想
我需要一个站在我这边的神
我想要纯粹的命运，单纯得像
一小块洁白的天空

我梦见站在一群冷漠的人当中
人们对我指指点点，说三道四
我梦见喉咙很痛，无法发声

——我梦想着那个比爱更爱的词语

九

夜里忽然醒来
听着窗外车流滚滚，忽然想起命运这个词语

如果我一无所有
人们把门窗一扇扇向我关闭
我仍然会对蓝得发亮的土地痴心妄想

那个在铁轨上哭泣的诗人
那个在激流岛扬起斧头的诗人
内心是否也曾有河水一样的
婉转和温柔

明天，乡村姐姐会送来一大袋新碾的稻米
明天，新的高铁站会缩短爱情与爱情的距离

明天，会有美好的图景展开在泥泞地里
明天，一只喜鹊会告知你到来的消息

我将怀揣一个幸福的秘密走在路上
夜很快降临，然后是寒冷冬天
然后才是春风吹遍的，湘北大地——

哦，我预感到那个比爱更爱的词语了

十

混迹于一片雪花从天而降
我轻薄的身影发出巨大喧响

少女时骑车一小时去沅水南岸上班
大风雪封住了所有路口
只有我吱喳的脚步响彻在冰冻的早晨

租住的小屋被雪覆盖
路过的橱窗映出一个卖火柴的姑娘
脸色几分苍白，步子十分轻巧

我经历的黑夜和白天一样漫长
但我仍对黑夜露出欢喜的脸
他们说人生如太极，乾坤轮回
总有向阳的一面

想起陪我骑车的挚友，想起围着狭小餐桌
吃下的简陋晚餐

·

想起其中一人，他不爱说话
但脸上流露出春风的暖意
递在雪花中的那一副鲜红手套
散落在时空里的表白

这是否就是那个比爱更温暖的词语？

十一

我跌倒了，四周是茫茫雾霾
你来教导我：
"要学会在平静中保持平衡！"
这里沉闷的生活时而暗埋愧疚
唐山地震，母亲把生的机会让给弟弟
我们在小板凳上解答求知的方程
结果尚未算出，奶奶把好衣服给了姐姐
她看也不看我哭裂的脸

数着苦楝树上的残果
谁会偷偷在我床头放下一枚安慰的苹果

我受过的挫折都是生命应该遇到
我欢笑，流泪，叹息，沉默
我胆怯到不敢靠近任何一枚心灵的果实

——我渴望那个比爱更爱的词语

十二

我爱上这些手法，比如倒叙

人们从中年的梦里倒退回年轻的夜晚

哪一次停顿，像风停住喘息
当我把手伸向你，布满礁石的身体
我记得海水上涨，浪掀起通天的漩流

你醒着
一座沉默的岛屿在黑暗中
微微发烫——当我把脸贴在你的背上
感觉那拍打我们的
岂止是一种痛苦的良知

如果能倒叙一生
倒叙那个开满百合花的夜晚
我们终将会被命运原谅
这是我所知道的，最好的结局

十三

我感到你的脸就像小姑娘一样
很柔软
我感到天就像梦一样旋转
你亲吻我，如同亲吻天上的云朵
我感到你的胸前很暖，适合留下我的眼泪
我感到你的呼吸吹动我
浅浅的，就停在我梦的边缘。

我感到天越来越明亮，花越开越艳
它们堆满春天的田野

我很怕你醒来
就对着那些花儿
轻轻地、慢慢地说：
我说："哎，我爱你……"

真静啊，你没听到也没有关系

十四

夜行大巴驶出株洲五点的记忆
为我送行的阿华、宗保和胭脂
遍身都是雨水，小小的行李箱装着别离
反光镜里我看到他们转身离开的背影

11 月 16 日的车厢弥漫奇怪的气味
走廊堆满黑色货包，一个汉子在旁边
大声嚷嚷。手脚麻利的女人就着灯光吃泡面
售票员不耐烦地打断别人的询问

夜行大巴离开嘈杂的车站
窗外开始飘起小雪，11 月 16 日的记忆里
我靠着冰冷的车厢，流着眼泪
给你发短信："亲爱的，天很冷！"

十五

说到乌瞳我想起北方高井，想起零落
街头的白杨树。想起地铁、大巴和
百合花开放的黄昏，想起我走进小小庭院
只为了触摸你身上那块粗糙的疤痕

·
223

我痴绝，当我贴向你
只为了取走你脸上的一滴海水

那是哪一年啊，哪一年？
秋风在蔚蓝的天空唱歌
暮霭淹没幻境
我看到白杨树上乌黑的眼瞳
它们和我一起在浮云下
慢慢地变暗，下沉

十六

我是多么迷惑，不知道
用一种什么方法，才能医治这种不知名的痛苦

当我一个人，漫无目的生活在——
这个毫无希望的城市，当我打开白天翻的旧书
当我在黑暗里猛地坐起，忘记自己是谁
忘记我还爱着世上哪些人，忘记我活着
就是为了消解，这灵魂而生的沉醉

我宁愿自己是蜉蝣，朝生暮死
只享受生活中最辉煌的极乐
我宁愿自己是一棵植物，只看到脚下方寸泥土
幻想泥土之上的阳光，和星空

我宁愿一生都没有听到，你努力向我吐出的
那一个字

是啊！我都明白，当泛滥的河流
把一切淹没，一切也淹没了我——
就像命运一样
忽然就扼住了我的喉咙

十七

仿佛死
仿佛生

仿佛光亮
仿佛黑夜
是怎样的你啊！
我感到快要为你盲掉

十八

嗡嗡作响的野蜂巢安置在
我的脑海，野蜂从早到晚，飞进飞出
想找到一条通向梦的路

澄黄的蜜蜡，甜的经营
有时我忍受妒忌的痛，有时是自大的苦
空荡荡的巢口，一块巨大的幕布
就要将今天抹得一干二净

我寻找你，沿着漫山遍野的花香
眼看就要一盏盏熄灭的烛光
傍晚，我才遇到那个摇摇晃晃回来的人
谢天谢地，他柔情的小腹

还藏着针尖大的一小块蜜

十九

涉过满月的夜晚
我看到潮水翻腾不止，仿佛要去寻你

要沿星球引力，化身为奔跑的海水
我不能呼救，因风锁住我健康的喉咙
这里是沅水筑起的万丈堤坝，这平静
注定要毁灭于一次——
狂野的来袭

潮水越变越亮，越来越热
直到风把浪沫吹成了，落花满地

听那席卷，贴着你胸怀的千里澎湃
那侵略，原是一波未平一波又起的
无尽眩晕

月光下的浪潮越开越大——
直到铺满了我的肉体

二十

"我爱灵魂，
和你半裸露的乳房——"

但那抚慰，那持久从你身体里流出来的蜜
让我忍不住战栗着
·
226

——想要躲避

二十一

冬夜，我去到沅水河边
水流已经十分娇弱，灯光在对岸
和河水一样，顺着河堤流动

你来到河边吧，站在我站的地方
和我一起眺望冬天的夜晚
我又一次想起远方，想起那个迟迟
不能到来的约定，想起快要模糊的拥抱

我感到心脏越来越疼越来越疼
无法挣脱浮起的幻觉
我不知道，我竟然不知道——
那些黑暗的河床为什么有着
闪光的对岸？

二十二

这个夜晚潮湿、寒冷
我像往常一样回到家里
我洗干净孩子，和他一起在火炉边读着
稻草人的故事

星星结队远去，稻草人还在看护
毁坏的稻田。他没有心
我们读到：他往前一扑——没有抓住任何
东西，便结束了自己

227

因为这无能为力的爱，我和孩子
都流出了眼泪

二十三

早市上有一对卖菜的老夫妇
挑着一担水灵灵的萝卜青菜
老太太只管叫卖，老头围着灰色手织围巾
袖着手等在那儿

下雪粒子了，雪扑打在他们身上
老头儿摘下围巾围住老太太，说了什么
老太太笑着应着，往他的鼻尖吐出温暖的
热气

——我知道这就是我想要的

二十四

和我谈谈你吧，谈谈你的城市
院门口的三棵白杨树
夜里你踏雪回来，顶楼亮着灯
隐隐约约传来弹钢琴的声音

你抖掉身上的雪花，在昏暗的门灯下
打开了一扇通向孤独的门
你把从外面带来的礼物堆放墙角
然后开始泡一杯清香的龙井

就着袅袅升起的热气，你沉默
眼光柔和，在想过去一些什么事啊

二十五

天渐渐黑了，我感到害怕
我害怕你一点儿、一点儿消失

我想轻轻地叫
你了……
闭上眼睛慢慢打开我自己
我看到一滴清澈的泪水就藏在
心灵的深处。跟随它

我把自己一点儿、一点儿融化
一点儿一点儿
流向了远方的你……

二十六

我把自己洗干净了
像一片水上的白帆，晾晒在阳光底下
风吹来海鸥的叫声
浪花涌起蓝色的清凉
驾船的人已经走了
我记得第一次见到你，你眯缝眼睛
笑得多么明亮，我竟然不知道
我们快乐的相逢是为了悲痛的
别离

二十七

火车愉快地驶过平原山河
秋天的阳光沿途撒下金色的麦粒

羊群吃草，恋人相聚
白桦先于秋天将歌唱传到了北方
这样的季节，相遇一瞬
我欢喜将风尘仆仆的笑脸扑在你温暖的怀里

三角梅开在我们必经的路口
幻影般的地铁口、公交站、水果铺
路过冷饮店，停一停，这个下午的风
灼热了我的心肠

我们和命运交换爱的时间
新月在眉头，先行止住身体的悸动
给我整个夜晚吧，我们可以重新命名彼此
你叫我宝贝，我叫你
——亲爱的猛兽

二十八

什么也不能，阻挡于变化或流动
从我的笔尖里淌出来的
乃是天河的雨水

雪地又痒又疼萌出的嫩芽
那又唱又跳的鸟雀，急回南方花枝的腰间
怀春少女，大胆热烈的心思

她眼睛里吹出来的暖风
怅惘地穿过我
——曾经痛苦的身体

二十九

许多人像光
周身长满温暖的小火球

但我不是，我屏蔽体温
只想把琐碎的尘世
说给你一个人听

说着说着水开始响动
我听到从远及近的脚步声

说着说着雪轻轻落了下来
说着说着你哭了——
除了你，除了你啊
没有什么能抵挡这刺骨的寒冷
在我经过的，空无一人的街头

三十

一生的虚无可添上一笔——
一时半会我还想不出最好的表达
一时半会，我似乎面对绵密的温柔
和对等的冷漠

白天阳光灿烂

夜晚持续绝望
我所做之事如同昨日

思念，然后思念
我要和并不存在的你
一同坠入，无尽的爱河

三十一

越洋短信，沉默寡言
麻将馆对面，新开一家卖火星车的店

你对我说："和我一起辗转到银河系之外"
火星上烈焰的硬土，我只需要一把最小的锄头
刨开废弃的飞行器

我以为有一根脆弱的缆绳
系在地球和火星之间
我以为，我还可以返回——

三十二

悬铃木开七种颜色的小花
让我亲历这不能遇见的痛苦
停止念想，但叫光急骤打在暗淡的表白上

让失事的船只将我重新认领
将我从残破的海底救回
让远方的你，看到一个浑身伤痕的难民

同情我吧，带着燃烧的温柔低声说话
尽管一开始就这样定义我们——
我是你的……
但你啊，你是使我的灵魂保持完整的爱

三十三

把我掰成碎片
放进一只睡眠的酒杯吧

棚架上紫藤开放，秋日上午
晾晒满窗台的葡萄，洗好的酒瓶在阳光里
等待装满、发酵、沉郁，散发无名清香
等待荫凉处一把躺椅，把我摇进一本书
洁净的扉页里

不是每天都有闲适心情将光阴挥霍
不是每天都有低沉迷人的嗓音
问我："今天，你好吗？"

"今天，你好吗——"
让我听到你的声音，就面对湖水
大声歌唱吧

三十四

越来越接近那种金黄色
围绕灯盏扇动翅膀
轻轻呵气——外面寒冻

但里面是发烫的鳞羽和烧红的眼睛
我选择燃烧——
如果可以，请用烈火亲吻我
肉体已燃成灰
灵魂——却可以更加洁净

三十五

一无所求的日子
你的一句话，就像搭建在大厦最底层的
一块摇摇欲坠的砖石

将没有什么最终留下，甚至房子和
梦。我在苹果树下走来走去，门廊外
阳光铺撒到九重宫殿，但所有一切
都会化为虚幻的影子

云朵向山脊推移，树影发出长叹
仿佛从这里一步就够到了黄昏
又仿佛是你，把手放在我森林般的长发里
在假想的亲吻之前
我再一次拧紧了记忆的瓶盖

三十六

放开相扣的手指

我们在时光中分散，不再纠结于心
不再纠结于一场台风洗净劫后的狂乱

我们隔着树林、长河、远山、铁轨
隔着北平沙尘暴，南方梅雨季
几分牵挂，几分沮丧，几分淡薄
隔着一次并不完美的送远

从此后，倦鸟归林，大河入海
我们关注的乃是不相干的事件
股市大跌，斯诺登不知去向
柴米大涨，信任危机，雾霾笼罩
不再谈及风月无边

不再迷恋月球，但允许它再次向地球
——撞击过来，并给予我
一次恶狠狠的拥抱

（注：6 月 23 日，看到离地球最近那一轮月亮）

三十七

又一个用来变老的夜晚，我是否像一个
不动声色的瓷器，摆放在你的周围

打开水笼头，让哗哗的清水装满我
打开音乐、啤酒、微博、古老的书
一盏行将熄灭的灯
打开甜腻声音、斑斓色彩
一条快要流干的河流

黎明我听到水滴，顺着月光翻到天空

快来装满我吧

不远不近的你，不近不远的你

我需要一小会儿

孤独，能让我忍受忽然的

破——裂

三十八

选择一句话作为一天的终结

我舍不得哗哗流逝的时光，而不与你

相遇

午夜我关上最后的门窗

为了让风躲过昨天的海面

这个亮闪闪的秋天

没有奇妙的风景在你我之间

荡漾，只有台风来临前

——潮湿的温热

三十九

我把脸深埋于你走过的路上

我在人群中看你，你在人群中躲闪

这个下午我放出心里的一只猛虎

要吞食掉你在我心里虚幻的形象

还是让我紧紧追随这无话的生活

让你继续沉静地守着昨天的礁石

而海底的波澜，让我确信还有明天
——可以开始

四十

夜里的灯掉进湖里
唱歌的声音从山弯弯里传来
回家的路又黑又潮湿
雾从背后，抱住了我的双肩

风中的芦苇花啊，渐渐转白的头颅
锈掉的铁轨，只铺到第一个隧洞
想起那年的马车深陷泥里
想起我搬动一大块怀旧的时光
——有多么脆弱
我，又有多么
徒劳

四十一

因你似淡非淡
仿佛暮春把一朵残碎之花扫进我心里
也因为我的灵魂曾被泪水浸湿
突如其来的欢喜，使我变得轻盈
急于向外在的世界表达——

我的心动，来自一个干干净净的人
他收敛的全部柔情，像星光
不能遮盖，忍不住在黑暗之海中
微弱地闪现

·

四十二

冬天以后，日子变得漫长
黑夜也漫长，燕雀把积聚一年的爱
都支付给了南方。我还没有见过小城的雪
还没有寒流打翻我寂静的家园

我只是有点孤独——
一天，我看见后园里几棵水杉
在风中晃动被时光烧焦的叶片
它们来不及凋谢，暗红的火焰映得天空
发亮

那天我真想告诉你
即使枯萎，我也看到冬日另一种明澈
在缓缓到来的疼痛中，我还深爱着
这道渐渐变冷的风景

四十三

不要动我盘子里的草莓
不要舀我糖罐里的蜂蜜
不要用长杆打落我窗前的星星
不要熄灭我燃烧的眼睛

你用火创造这个世界——
你是父亲，儿子，又是情人

你是手，在肉体的巅峰爬行

·

你是唯一的性器，深入到毛茸茸的森林
你是饥饿的狼，是种子长出的毒牙

你是颤抖，是唯一在毁灭中
获得的重生

四十四

脱掉进门的鞋子之前
掏出叮当作响的钥匙之前
删掉收件箱的短信之前
擦掉脸上的湿润之前
准备好柔和的笑脸之前

请在门口转三圈
转着转着，会记得出发前的地点
转着转着，灵魂也会从远方回来

转着转着，会想起用自己的心
去点燃桌上珍贵的，快要熄灭的煤油灯盏

四十五

我整夜渴望喝到那杯琥珀色的酒
渴望一只碧瓷杯里——
有我想了很久的一道闪电

我整夜渴望在最美的山岭
遇见可以共饮的你
等山茱萸结出嫩黄的果实

·

总会有时光从石缝里流出
一股蓝色的泉水

素馨花和水洼的石子在回忆
那年星星的颜色
我渴望我的杯子
能同时得到阳光和月色的照耀

我整夜渴望做你唇边的一滴酒
渴望触摸秋风的金色涡纹
我整夜渴望有足够的醉
亲爱的，如果那样
你就可以将你的双脚——
伸进我的溪水

四十六

纠结无非如此，怀揣狮子的心
但周围的人，感觉不到我的感觉

刷过百次微信，登录长久
隐身的QQ，也无非是想找到你

由你海啸过后
收拾杂乱的海滩，我明白
到了必须
痛哭的时间
想到你

一想到你啊
——海水就会重新
席卷了过来

四十七

我预备这样结束夜晚
转动钥匙，用最大的力气把你关在墙外
任凭你敲门，捶墙，或者
大声喊我的名字，我都默不作声

后来，天越来越晚，我越来越心神不宁
我起床五次，想听听墙边有没有人叫我
犹豫地扭动门钥匙十次，子夜
我终于忍不住打开铁门
——空荡荡的走廊上
其实你，从来就没有来过，也没有
其他人

四十八

看到灰雀群
我想起那年长沙，光秃秃的枝顶
忽然飞落雪片似的骤雨

天空扬起铺天盖地的灰尘
晚归的人群，于车水马龙中停步
惊讶满天扑落的灰雀
它们在此处聚集，是否是鸟雀世界的
另一种寻找

雀群的回忆，常把我引到未知的空间
我知道冥冥中确有宏大之手，指引一些生灵
靠近闪着波光的夜晚，靠近被神秘卷来的
某一天，某个时辰——

四十九

我走入的是七重迷宫，我在此穿梭
曾以为我青春的身体，是一条清澈的小溪
我流淌到了哪里，哪里就青草遍地

但人们说你是一只干净杯子，从里到外
从身体到心灵，干净得我不能拿在手中
我不能容忍最小的浮萍，或者一粒灰尘
飘落你的杯底，甚至不能容忍杂质的我注满你
如果我是溪水

我害怕那年的爱弄浊我的青春
害怕我失手打碎你，此后每年
我心里都会发出——
清脆的疼痛

五十

我们渴望过什么
希望在怎样的生活里消停？

我迷路了，擦不掉我眼前的雾霭
我疲惫沉沉，不再拼其一生去寻找一座

甜蜜的峰巅

请陪我坐下，想想我们的一生——

想想一生中，曾为谁泪流满面
想想消逝的那些事物，那些人
细密而冰凉的小雪
曾经怎样地打动着我们的心

总是那水，总是那荡漾的风情
——评谈雅丽诗集《河流漫游者》

苗雨时

女儿如水。江南的女子更如江南的江水。女人们天性是诗人。总是那水，总是那柔肠婉转，风情百种。女诗人谈雅丽，如一株挺拔的清荷，亭亭玉立在家乡的沅江水中。她的生命与清碧如丝绸的沅江缠绕在一起。她生活的常德，就在沅水江畔。她沿江而行，写成诗集《河流漫游者》。江水之声与个人生活体验相互融汇，传导了她生命的感动和深情。沅江女儿的性格，既浪漫又朴实，既有"没心没肺"的率真，又有对事物的敏识和深邃的智慧。她漫游江河，从青春走到中年，经历了风雨的洗礼，最终获致了大海的浩渺与开阔。中年写作，是诗人人生秋季的一个重要节点，她在社会责任与个人自由的谐调中，对人的生存命运的洞察，更加通明、透彻。于是，她生命中的"荒原"和对爱的热忱持守，相辅相成地构建了她灵魂的神圣境界。犹如秋雨后的沅江，平静、澄澈而幽渺……

全诗分四辑：

第一辑《长河奔涌》，展现诗人与江水并行的人生经历。江水浸染了她的生命，她的生命呈现了江水的波折与起伏。她以沅江指代自己，也指代爱所能触及的世界。她说："这蜿蜒的河流，饱含我一生的爱恋。"（《涉江》）沅江，属于洞庭湖四大水系之一。

·

它发源于贵州云雾山，流程黔东、湘西，黔城以下始称沅江，其下游，从沅陵人桃源过武陵经汉寿而人洞庭湖，汇入长江，流向大海。这是一条母亲河，也是一条历史长河。它的流域，不仅自然风光秀美，土地肥沃，物产丰饶，而且历史底蕴深厚，善卷的德山、屈原祠、桃花源坐落于此地。河流，是一种宗教、一种文化。它养育了两岸人民的生存，也滋润、塑造了他们的灵魂。沅江之美，美在自然，也美在人文。江水裏挟着水草、荷花、鱼虾、航灯、月光；负载着临水的老屋、古镇、茶肆、古樟、码头；灌溉着夹岸的水稻、玉米、棉花、柳绿、桃红；也孕育了两岸人们的文化习俗、风土人情。诗人把生命融入江水，和江水感应了春秋四季。这里，有她的爱和痛苦，有她的离别与悲伤，有她的"地平线"和"白日梦"，有她的"一江春水"和"天鹅的叫声"，也有她的"往生"和"今世"……个人体验与地域风情相激荡，使她的诗具有了穿越历史时空的悠久感和古今通达的审美风范。河流的灵性都是相通的。她不仅漫游沅江，也漫游了大通河、沱江、白水、澜沧江、洞庭湖等。因此，感悟了水对生命的价值和意义。她在《有如水草》一诗中写道：

> 感受湖水的清澈刺骨，我也领受过它
> 丝绸一样的光芒
> 我有幸拥有鸿毛一样轻小的幸福
> 有如水草，涨水时
> 我拥有一百亩湖面的富饶
> 退潮时，只剩一百亩湖面的空旷孤独

这株孤独而幸福的水草，正是诗人生命对水的感恩的摇曳！

第二辑《长天秋水》。北纬二十九度，是诗人家乡的地理纬度。她诞生在这一纬度，这里的长天秋水、山川平野是她生命的根。在这片乡土上，生存着她的父母、亲人和乡亲，她在这里度过了童年、少年和青年。她热爱这片生养她的土地，她热爱这土地上生长的自然风光和纯朴的民风民俗。她小时候，寄养在外婆那里，六岁那年要离开外婆回到父母身边，临走那天，外婆为她送行，她乘船回头望见：夜色苍茫中，外婆那"银发越来越暗/身影越来越小，那挥行的手一直不肯垂下"，她流着眼泪盼望"人生的每一次离别都是暂别"，总有一天可以重逢（《暂别》）；她《月光下回乡》，年迈多病的母亲远远地迎接我，母亲啊，"我看见你站在暮色中，夏天蚊虫飞舞/你着急去代销店为我们买一瓶凉茶/着急切开冰镇西瓜，冰凉的甜/刹那流进我所经历的浮躁生活"，此种母爱，怎能不让人心怀激动；阿姐邀她去乡下看看，她写了《乡居日记》："春天一场雨，溪水浑浊，空气净美/榆树又绿又亮，可口的榆钱饭，扑鼻香椿蛋/阿姐纯朴好客，新结菜籽粒粒饱满/说酿好菜油送我，可放心食用"，在亲情的暖意中，让她感到很少有的轻松、闲适；她甚至钟情于小时候祖母教会她做的一种《清水肉丸汤》，香醇而别有滋味，感受到人间口舌之外，还有一份"惺惺相惜的心"——"这长久连系我们的/热爱和甜美"……亲情、乡情，是一种诗人永远割不断的生命牵系。

第三辑《长风吹袭》。诗人的生命并不只属于乡土故园，她的诗意世界要广阔得多。作为漫游者，她游历过祖国的山川河流，长风吹袭，从雪山到森林，从山谷到草原，从高原到大海。由于爱山，看海也像群山的连绵；由于爱海，看山也像大海的波澜。大地之歌与大海之声的齐奏合鸣，开阔了她的心胸，壮美了她的灵魂。因此，诗有山海的气势，跌宕起伏，挥洒大度。她来到《雪峰山下》，仰望山巅的哨所，赞佩"五千米之上"的"深而柔情的守卫"；她走进林海，听《林涛》阵阵，感悟到"我还来不及老，可以像树一样呼吸"；她步入草原的《牧歌的早晨》，看"白雪一样涌动的羊群"和"闪电一样的马匹"，牧歌擦亮了整个草原。但她更多的是去海边，先是见识大海的《潮落潮生》："沿着海岸线走了很久/海水通透深蓝，融化掉了所有的天空"，大海的潮涌，惊心动魄；接着，她想象，飞上云天，为自己铺开"一幅蓝色、起皱的画纸"，在上描绘森林似的"桅杆"，渔港的"少女少男"、"阿婆阿公",以及安宁、祥和的"三角梅、椰子树、橄榄树","等一只只白鸥,翩跹着签上夕暮的图章"(《海鸟,夕暮的爱情签名》);她在海滩漫步,捕捉气孔中的小蟹,作为一种游玩,而她却想到,"是大分配一些小蟹的命运/又是什么分配了我们的"生存状态?还有那泥沙中的贝壳,捡起来贴在耳边,为什么能听到大海的呼啸?大海呀,你究竟是爱欲的肉体,还是飞动的灵魂……

第四辑《比爱更爱》是一组爱情长诗。什么是比爱更爱的词语呢?——是真爱、至爱,不是占有而是无私的爱,是天南地北的爱,是海阔天空的爱,是两情相悦、两心相知的爱,是男女双方的思念、惦记的缠绵与缱绻,是"雁字回时,月满西楼"、"一种相思,两处闲愁"的爱恋。诗人以炽热如火的心,将生命回归到一个最柔软的内核中,让爱成为灵魂与灵魂交换的词语。她给恋人写信,那字句,"触摸到那个比爱更爱的词语";她有诸多欲求,在诉求中,"梦想着那个比爱更爱的词语";她面对雪天朋友递过来的一副红手套,自问:"这是否就是那个比爱更爱的词语?"……是的。由此扩展开,从爱自己到爱他人,从爱父母到爱子女,从爱大地上的草木鱼虫到爱宇宙间的日月星辰,从爱二十九纬度到爱全世界。犹如一粒石子投入湖中,那一圈又一圈的波纹,都是比爱更爱的词语。自爱、他爱与博爱,是日常的,但时时处处有灵魂在场,因此,它是可以穿越生死而获致永恒的。词语是存在的家园,人栖居于家中,在语言的殿堂供奉上爱的诗神,便可以使生命的存在于敞亮与去蔽中,放射出脉脉的真理的辉光。

诗歌集《河流漫游者》由四个声部组成,这四个声部各自独立又相互融为一体。这是一个河流与大地的漫游者对生活观察、思考、体验、感悟的真实涌现。这些声部的和弦,时而缠绵悱恻,时而冷静哀伤,时而细腻柔软,时而狂野奔放,律吕纷繁,婉转悠远,谱写了一曲江河水的生命乐章。

这部乐章的调性,是明快中的忧伤,忧伤中的深沉。因为诗人已人至中年,有青春花朵昨开今谢的失落与悲哀,而且生命面对最终的虚无，也有向死而生的迷茫。两者都加深了她心灵的沉重。从青春的烂漫到中年的苍凉，流转着的就是这种穿越时空的忧伤的生命情调。

诗人在沅江边生活，她的生命化为江水，江水从她心中汩汩流过。因此，她的诗的意象系统，便有了沅江洇染的色彩和两岸自然与人文风物的形态。江南水乡的诗情画意，铺陈了她诗歌的背景。她沿着沅江漫游，并走向广阔，相忘于江湖。她与江河湖海对话，把心灵投入水中，心灵也像水一样自由舒放。因此，她的话语方式，必然带有一种水的韵致和节奏，波飞浪溅，又迷蒙着水气。犹如风行水上，自然成文。因而，她的诗的整体风格，也就好像沅江水一样，清灵、润泽、婉曲、冲腾、平静、激荡、回旋，在青山秀谷间，不息流动，波涌诗语，浪溅珍珠……

最后，我们以诗人《河流漫游者》诗中的一节，作为她抒情人格的概括与象征：

> 我是一个河流漫游者
> 听懂河流与我的每声絮语，每次长谈
> 那悲悯，那伤感，那无奈，那期望
> 如一头小牛爱恋乡土
> 疲惫时，让清亮的河水洗净尘埃
> 干渴时，记得把柔和的嘴唇
> ——伸向滔滔的河面

这就是沅江女儿与沅江的情缘和热爱，也因此几乎成了她的生命和诗歌的全部。

雨时诗歌工作室
2015 年 8 月 1 日

浓郁的色彩和节奏：临水老屋，乌瓦木壁，古樟，茶舍，荷花盛开于水网，"早年的水稻"是她诞生的宣告。她的诗不仅充满湘中风情，而且很大气。"我不必被谁安慰，我强大得足以打败自己"。诗观开阔包容，尤为可贵的是对于传统诗学的认同与珍惜。

——谢冕

这位诗人有一颗柔软而纯朴的心。她善于在平凡的日常景象中发现画意与诗情，那些寻访河流的诗篇，充满了新鲜的感觉与流动的美感，体现了人与自然的融合。

——吴思敬

诗人谈雅丽以清新的语言，明朗的抒情，以及女性诗人温润而细微的体验与观察，表达了她对江南的灵秀之美和地域风情的热爱与歌颂。她的作品将古典意蕴和现代生活的体验相结合，让读者感受到现代汉语诗歌的美好韵味。

——林莽

谈雅丽的诗，古典诗词的意境与现代人的体验融合在一起，为丰富当下女性诗歌的气度与格局增添了一种新的可能性。古雅的诗学意象在她的笔下复活了，呈现出含蓄蕴藉、雍容典雅的风度。

——刘福春

诗人立足于个人有情有趣的生活，以流畅自如的抒情方式，疏密合理的节奏控制，来表达真挚而浓郁的情感。个体经验与地域文化融会贯通。

——商震

谈雅丽从大自然那里体悟到生命的丰富、细腻与博大，并将视感感受与心中蕴含的情感体验倾注于笔端，其无法言说的意境不再是一种难以诠释的内涵。地域文化的深刻挖掘，使她的诗与其他女性诗人区别开来。

——谢克强

谈雅丽的可贵之处始终立足于沅江流域，从历史到现实，从景色到内心不断地扩展自己创作的视野，以其娴熟而又具有探索性的创作手法，呈现着诗人恬淡、真挚、悲悯的情怀。她的诗并不是地方方言，字里行间透露着人类共鸣的诗意思考。

——苏历铭

谈雅丽的诗温暖、恬淡、静美，家乡的山水、风物、人事，皆化为柔肠与热爱、祈愿与祝福，化为一册诗歌"博物志"。持续的沅水地域性书写，异乡漫游与情感波澜，是"人与世界"的相互印证，诞生的恰恰是主体的觉悟、体谅和丰饶。

——沈苇

写意，点染，静美，恬淡。犹如一幅幅静态的盆景，组合成沅水流域风土人情的缩微景观。谈雅丽书写了一个地域文化的绝世孤本，释放出一种隔绝的美。同时，她开始关注沅水在历史行走中展开的斑驳书卷，开始挖掘内心世界的命运断垣。

——赵思运